COBALT-SERIES

ウミベリ物語

守龍見習いの危機

榎木洋子

集英社

守龍見習の危機

ウミベリ物語

もくじ

ウミベリ物語
守龍見習いの危機
登場人物紹介
トルマス
ウミベリ国の王子。
ミミ
トルマスの婚約者。
シーラ
風の精霊。

レイス
押しかけ風龍。
ルカ
トルマスの学友。

イラスト／すがはら竜

守龍見習いの危機

序章

「おはようございますトルマス様！」

「おはようミミ王女」

早朝。待ち合わせの温室に婚約者の姿を見つけ、ミミは満面の笑顔になった。

トルマスの髪も瞳も夜の海のように真っ黒だったが、その姿を見ると、まるで心に色とりどりの花が咲いたように嬉しくなるのだ。

ところが近づいて改めて見るとトルマスの目は腫《は》れぼったくて眠そうだった。

「昨夜も遅くまでお仕事をしていらっしゃいました？」

「うん。先月、父上が外遊なさったろう。それのしわ寄せがまだ残ってて――」

トルマスは途中で言葉を止めた。

ミミがほっそりした手をのばして頰《ほお》に触れたからだ。

ひんやりした指が心地《ここち》よくてトルマスは目を細める。

小さな手に自分の手を重ねてみて、ミミの指先の冷たさが想像以上なのを知る。

「ミミ王女こそ手が冷たいよ。何してたの？」

するとミミはにっこり笑って答えた。「花嫁修業の一つです」と。

トルマスはそんな修業あるのかなと首をひねったものの、追及はせず冷たい指先を温めるように手を握り、歩き出した。

ふたりは温室の奥にあるミミの花壇《かだん》を見に行くというデートを朝の日課にしていた。

たまに用事で来れないこともあるが、そんな時は互いに心を込めた手紙を書いて、前夜か早朝に召使いに持たせている。

そしてここからがふたりらしいエピソードなのだが、手紙を届ける際、使者たちは決まってその時の王子、王女の残念がっているようすを相手に伝えるサービスをつける。

『トルマス殿下は手紙を渡す際、ため息を四回もつかれました！』

『ミミ王女は手紙を書きながら、つまらないわと五回も零《こぼ》していらっしゃいました！』

などなどである。

若いふたりが互いに静かに気持ちを通わせあっていることは王宮中の知るところで、皆が微笑《ほほえ》ましく見守っているのだった。

ふたりは仲良くよりそいながら温室の中を歩いて行った。

目的地は温室奥にあるミミの故郷の花、夏雪草《なつゆきそう》の花壇《かだん》だ。

先月トルマスは内緒でこの花壇を用意してミミを驚かせ、嬉しがらせたのだ。

花壇の前に立って白い花をひとしきり愛《め》でるとトルマスは聞いた。

「ところでミミ、今日のお昼は王宮にいる？　会わせたい人がいるんだ」

「はい、王宮におります。ちょうど刺繍《ししゅう》の練習時間ですけど、ホーカー夫人に話して遅い時間にしてもらいます。どなたがいらっしゃるんですか？」

「僕の母方の親戚《しんせき》でね。子供の頃に一緒に勉強してて……兄弟のいない僕にとっては兄みたいなものだった」

「まあ、トルマス様のお兄様のようなかた？　ぜひお会いしたいです！」

「よかった。ちょっと個性が強いけど、ミミなら平気だと思う」

「個性、ですか？　ええ大丈夫です。トルマスさまの大切な方ですもの。それにこう言ってはなんですけど……」

ミミは背伸びしてトルマスの耳元へ口をよせると、ヒソヒソと告げた。

――レイス様も、そうとうの個性の持ち主ですもの。

ミミの行動と言葉のどちらもにトルマスはくすぐったそうに笑った。

「実際、相当個性的なのがそろってるよね、うちには」

トルマスはため息をついて言った。

ミミはなにも言わずに微笑んだ。

その個性的な面々のことを、トルマスが大事に思っているのを知っているからだ。なにしろ最初から「うちの」と懐《ふところ》にいれて数えるのだ。

きっとその親戚のことも、トルマスは大好きなのだろう。

「親戚はルカって名前でね。ずっと外国で勉強をしていたんだ」

「ルカ？　ひょっとしてその方は魔法使いなんですの？」

「うん、正解。この四年ずっとミズベ国で魔術の修行をしてた。ミズベは南大街道の近隣国では有数の魔法大国だからね」

「まあ、まあ。会うのが楽しみです」

「僕も。ミミを僕のすばらしい婚約者だって紹介するのが楽しみだよ」

さり気なく言われた言葉だったが、ミミは胸に嬉しさがあふれた。ごく自然に笑顔が浮かび、はいと大きく頷《うなず》いた。

それを見たトルマスは目を見開き、誘われるようにミミに一歩近づいた。そして背をかがめるとそっとキスをした。ミミのほっぺたに。

「あのふたり、ほんと可愛《かわい》い」

温室の屋根の上でちゃっかり覗《のぞ》き見をしていたシーラが言った。

その隣には人の姿をとった風龍《ふうりゅう》のレイスがいる。

豪奢《ごうしゃ》な金色の髪に見事な夜明けの空を写し込んだような紫の瞳の持ち主だ。

下のふたりからは温室の植物が邪魔で見えない位置だった。

こちらのコンビは屋根の上で日向《ひなた》ぼっこならぬ風ぼっこ、だ。

朝のこの時間、気持ちのいい海風が吹いてくるのだ。

「シーラ、おまえ趣味わりーぞ。覗《のぞ》き見とかやめろ」

屋根の上に寝転がって温室の中ではなく雲の流れを見ながらレイスが言った。

かれは最近、手こずっていた謝罪案件をやっと片付け終わって、ここしばらくは休暇のつもりで王宮にいるのだ。

「うーん残念、違うの。見守ってるのよーっ」

違いがどこにあるのかとレイスは思ったが、口の達者なシーラはまたなにか言い訳してくると分かっていたのでやめた。

毎度ふしぎに思うのだが、風龍の自分がごく希《まれ》にではあるがこの風の精霊に見事にやり込められてしまうのだ。

「どうやら帰ってくるようね、かれ」

「……ああ？」

「分かってるくせに。トルマス様の、ご・学・友」

「……あーアイツなあ」

思った通りの返答にシーラはやれやれとため息ついた。

「ほんとに子供なんだから」とは言わずため息だけで済ませたのは、シーラなりの思いやりだった。

＊　＊

その数時間後。

王宮内のトルマスの執務室で、部屋の主トルマスの前にひざまずいた青年は、魔法使いの長い杖《つえ》を持っていた。

昼下がりの穏やかな陽差しが降り注ぐ部屋の中で、光のすじが青年の茶色い巻き毛をきらきらと照らしていた。

トルマスより四歳年上と聞いていた。すらりとした体軀《たいく》の青年で、瞳の色は濃い琥珀《こはく》色だった。整った顔だちで血色も良く、長い杖がなければとても魔法使いには見えない、とミミは思った。

ミミの知る魔法使いとは、大概《たいがい》齢を重ねていて、ちょっぴり神経質なところもあったり常に考えごとをしていたりして、このように琥珀の瞳にはつらつとした光を宿していたり、温かみのある微笑みを浮かべていることなど滅多《めった》になかった。

（まるで……そうだわ。魔法使いというより芸術の先生みたい）

それに加えて、ミミはこの人物に好意を持った。トルマスを見る目が、まるで家族のように温かかったのだ。

「トルマス殿下」

なめらかな声が言った。

「ウミベリ国所属、主席魔法使いワズの弟子ルカはただいまミズベ国より帰還しました。これより一度返上申し上げた第二級魔法使いの身分を再び賜《たまわ》り、国王ご家族のために粉骨砕身《ふんこつさいしん》、己を捧げることを誓《ちか》います」

「帰還ならびに貴君の忠誠を歓迎しここに受ける。長期の留学ご苦労だった。…………さ、顔をあげてよルカ。こんな形式張るのは最初だけだよ」

トルマスが公的な言葉遣いをすぐにくずして話しかける。

「いいえ、今は職務の時間ですから。お久しぶりです、殿下。お変わりないようで、なによりです」

「えっ。四年ぶりなんだから、さすがに変わったと思うよ。身長とか。ちょっと立って比べてみようよルカ。ひょっとしたら僕が追い越しているかも」

「あーいいえ、まずそれはないかと思いますが……」

ルカはかすかに眉根《まゆね》をよせて立ち上がった。

トルマスはつつっとそばへ行って向かい合う。すると魔法使い当人の言うとおり、手の幅半分程ルカの方が高かった。

多少申し訳なさそうにルカがトルマスを見ると、トルマスはにこにこと笑っていた。

「ほらね、やっぱり。こう言ったら立つと思ったんだ。ルカはね、負けず嫌いなんだ」

後半部分をミミに向けて言う。

青年魔法使いは参ったなと後ろ頭を掻《か》いた。

「……やられた。無邪気な顔で策を弄《ろう》するのはあいかわらずですよね」

「だとしたらルカを真似《まね》たんだよ。さあ紹介するよ。こちらが白蓮《びゃくれん》国のネルサリア・ミミ王女。知ってのとおり僕の婚約者だよ」

「はっ、お初にお目にかかりますミミ王女。私が魔法使いの修行で王宮を離れる前は、殿下からよく王女の姿絵を見せて頂いていました。絵のとおりの愛らしい方でいらっしゃいます。トルマス殿下とじつにお似合いです」

ルカはひざまずきこそしなかったが、ミミに深々と頭を下げた。

「ありがとう。あなたのことをトルマスさまは兄のようなと言っていました。ならばわたしにとっても同じです。どうぞ仲良くして下さいね」

このミミの言葉にルカは息をのみ、感極まったようすで胸に手を押し当てた。

「私などにはもったいない、とてもいただくことの出来ない言葉ですが、それを下さったミミ様のお心遣いは、このルカ一生忘れません。あなたのような黄金の心を持つ王女がトルマス様の后《きさき》となり、行く末は国母となられることを心から喜び感謝し、誇りに思います」

温かな笑みをたたえてルカは言った。

ミミも負けないほど心のこもった笑みで応えた。

最初は大げさな返答に目を丸くした。けれど言葉にこめられたかれの無条件の信頼に気付くと話は変わった。嬉しさと誇らしさがこみ上げてきて、ささやかな自分の胸だが、精一杯張りたくなったのだ。

ミミは知った。この若い魔法使いが心からトルマス王子を大切に思っていることを。

だったら自分もこの人を大切に思おう。心を配ろう。そう決めた。

部屋の中にとても穏やかな空気がながれた。

その矢先、

「おっ、声がすると思ったらやっぱおまえかー。本当に帰ってきたんだなあ」

華やかな声が聞こえたかと思うと、部屋に風龍《ふうりゅう》レイスが入ってきた。

めずらしくもあまり楽しそうではない顔で、豪奢《ごうしゃ》な金髪を掻《か》きあげながらミミたちの方へ来る。が、視線の先にいるのは魔法使いのルカだ。

「ふーん、おまえ、しばらく見ないうちに、背だけはでかくなったじゃないか。まあ俺の方が大きいけど」

風龍の音楽的な声がずいぶんな憎まれ口を利《き》いていた。

ミミは驚いた。レイスの歓迎とはほど遠い言葉もそうだが、ルカのほうもレイスの声を聞いた途端、顔つきが変わったのだ。

穏やかで満足げな顔から、この世の嫌悪の対象を間近に見たような顔に。

「おやおや〜、これは風龍殿。まーだウミベリにいらしたんですか。どうやら本格的に帰り道が分からなくなったとみえる。ご両親にお迎えに来て頂いてはどうですかっ」

くるりと振り向いたルカは、トルマスとミミに見せたのとは全く別の表情と口調でレイスに応酬《おうしゅう》した。

「アッ、てめ。いまミミ王女に立派に挨拶《あいさつ》してやがったから、礼儀作法《れいぎさほう》が身についたかと思いきや、なんだよその態度は」

「はああ？　なにを言っているんだ押しかけ風龍。ミミ様はれっきとした大国の王女で、生まれながらの貴婦人。まさにトルマス様にふさわしいお方だろう。おまえと同じ扱いになるわけあるか。そんなことも分からんとはまったく成長してないな！」

「なんだとう？　おまえは地位や身分で人を判断すんのかよ！」

「馬鹿にするな！　地位や身分が重要なんじゃない。判断基準はトールの益《えき》になるかならないかだっ！」

レイスは一瞬絶句した。

その間にルカはたたみかけた。

「どうした。悔しかったら私に認められるような立派な龍になってこい。それとももうお詫《わ》び行脚《あんぎゃ》は片がついたのか？　全部きっちり終わったのか？」

「くっ………まだだよっ」

「ならどうしてこんな所で油を売っている。しっしっ。さっさと出発しろ」

ルカは本当に犬でも追い払うかのように手を振った。

「てっめこの……。嫌だね！　命令されるとなんでか行きたくなくなっちまうんだよなあ」

「ほお、そーか、そーか。だからといって私がおまえの天《あま》の邪鬼《じゃく》に合わせて短絡《たんらく》的に、どうぞここにいて下さいなどと頼むと思うなよ⁉」

「天の邪鬼なのは、俺じゃなくおまえだろ、ルカ」

「私が言うべきことは本心からただひとつだ。さっさと世界中に詫《わ》びに行ってこい。そして苦難の旅の中で、王族へ対する礼儀作法と本来龍が持つべき、高潔さ優雅さ思慮《しりょ》深さ広い心、それから絶望的だが賢さを、その身につけて来て下さいませんか、だ！　それが出来ないなら守龍になることを撤回《てっかい》して、とっととこの国から出ていけ」

「お断りだね。だれがてめーの指図受けるか。だいたい俺はなあ、もう何年も手こずってた一件をやっと片付けて、今はつかの間の休憩《きゅうけい》を取ってるだけだってーの」

「あいかわらず自分への言い訳には長《た》けているなあ風龍殿！　誓《ちか》いはどうした、忘れたのか」

「覚えてるに決まってんだろ！　つーかどこで聞いてきたんだよ」

「そんなささいなことを気になさるとはな。神聖な誓いも果たさずに」

ルカは胸に手をあて、芝居《しばい》かがった仕草で手を掲げて上を見た。

「お、俺が破ってるてゆーのかよ」

「すくなくとも、達成前というのに気を抜いて油を売っているように見えるが？」

「ほーそこまで言うなら、てめーも役立つ魔法のひとつやふたつ、きっちりおぼえてきたんだろうなあ。ああ？」

「もちろん。でなければ我が師であるワズ様に呼び戻されても帰ってはこない」

図体《ずうたい》のでかいふたりは顔を突き合わせ、互いに一歩も引かなかった。

「そこまで言うなら、なんか見せてもらおうじゃねーか。トールに役立つ秘伝・秘術とかをよ」

「よし、いいだろう。この術は――」

「こらこらこら、はい、そろそろストーップ」

ルカが手に持った杖を構えたところでようやくトルマスが動いた。両者の間に割って入り、手でふたりを離していく。

「五年ぶりに再会した矢先にこれっていいかげんにしなよ。ミミが驚いてさっきから固まってるよ。あとどんな魔法か知らないけど、僕の部屋でやるのやめてくれる？　ほんとミミもいるし」

ミミもいるしと二回くり返したことで、レイスもルカもトルマスが婚約者の王女をどれだけ大事にしているか思い出した。

実を言えばミミは確かに驚いて固まっていたが、途中ではっと我にかえり、レイスとルカをとりなそうと一歩出た。

しかしそれをトルマスがとめた。ミミの腕に手を置き、黙って首をふった。

ふたりの喧嘩《けんか》を止められないことを経験上知っていたし、また止められないことで傷つくミミを見たくなかったのだ。

「……すまないトール。つい熱くなってしまった」

「悪ィなトールにミミ。別に俺はケンカしてーわけじゃないんだがよぅ」

「そうだ、ケンカであるものか。ともかく表へ出ろ！」

言うなり、ルカは部屋の窓を勢いよく開け、短く魔法呪文を唱えると、素速い身のこなしでそこから直接外へ出た。

「おう、おまえの自慢の魔法を見てやらあ！」

レイスも当然のようにあとに続き、窓枠《まどわく》にはしっかりふたりの足跡が残った。ちなみにここは二階だ。

「はあ——けっきょく行くのか。だよなあ」

トルマスは大きくため息をつくと、窓から外をのぞき、ふたりが中庭へ向かったのを確認してから閉めた。

「あのう、トルマス様？　おふたりはいったい……」

自分の目撃した光景が信じられずミミはか細い声で言った。

「うん。いわゆる犬猿の仲、かなあ」

どうにも苦笑するしかないトルマスだった。

「ルカは母方の親戚《しんせき》。僕が六歳、ルカが十歳のときに、僕の学友として王宮に呼ばれてきて、その後魔法使いの才能があるからってワズの弟子になって修行したんだ」

トルマスはミミをエスコートしながらちょっぴり早足で中庭へ向かうべく階段を下った。

「でも、レイスとはなんでか出会ったときから喧嘩しててさ。ほんとあの頃のまんまだ。懐かしいけど、ふたりとももう子供じゃないから、シャレになんないよ。ともかく行って止めてくるね」

階段を下り、廊下《ろうか》の先の庭へ出る扉を開けてトルマスが言う。

そこからガラス越しに中庭の緑の芝生《しばふ》に対面して立つレイスとルカが見える。

「はい。わたしも行きます」

「ミミはダメ。怪我《けが》したらどうするの。僕がすごく困る。だいじょうぶ、すぐすむから待ってて」

その場にミミを残し、トルマスはひとり外へ出て走りだした。

「お気を付けて。あの、わたし、トルマスさまがお怪我なさっても困ります」

扉を開けて叫ぶミミにトルマスはくすぐったそうに笑って手を振った。

それを見送りながらミミは考えた。

龍にああまでおそれず言葉をぶつけるルカとは一体どんな人——子供だったのだろうと。

一章　ある魔法使いの思い出（1）

——約十二年前。舞台はイトルの港町。

　春分の祭りの日。

「——だからさ、おばちゃん。まとめて六つも買うんだから、ちょっとおまけしてよ」

「またあんたかい。毎度懲《こ》りないねえ」

「そりゃそうさ、おばちゃんちのが美味《おい》しいから毎回来るんだよ。なあ頼むよ。ここの店で買ったたって、言いながら食べるからさあ。ね、値引きしてよ一割」

「馬鹿お言いでないよ。一割なんて引けるもんか。こっちが干《ひ》あがっちまう」

「ちぇー。分かったよ。じゃあせめてそっちの、冷めた方のパイふたつ付けてよ。ほんと冷めても美味しいからさ」

　にこにことという栗色の巻き毛の男の子に、店の女は結局今年も根負けした。

「まったく口が達者だねえ。わかったよ、揚《あ》げたての魚のパイ六つとつけあわせのジャガ揚げ一袋。ちょいと冷めた方はおまけだよ」

「ありがとうおばちゃん。今年も一杯稼《かせ》いでよ！」

熱々の揚げパイを入れた袋を抱えて男の子は駆けてゆき、祭りの出店で一杯の広場から放射線状に伸びた通路のひとつのさらに路地裏に待つ仲間の元へ戻った。

「お帰りルカーロ！　どうだった？」

「ばっちりさ、焼きたてのパイ六つに冷めたの二つ。熱々の六つはジャンケンだぜ。と、ちびソルは免除だ。二回チョンボ引いたからな」

小柄な子供が「チビじゃないやい」と抗議したが、言われた通りジャンケンには加わらなかった。残りの子供たちは一斉に拳を突き出し勝ち負けを決め、負けた子供は大げさに頭を抱えて悔しがった。子供の数は八名。ルカーロが支払ったのは六つ分の金額。では浮いたふたつ分の金はどうするかというと。

「魚のパイと砂糖掛けのドーナッツと豚とムール貝のサンドと……あわせてひとり百二十ずつの倹約だな」

ルカーロがパイのソースのついた指先を舐《な》めながら言う。

「もう充分だろ、いつものやろうぜルカーロ」

「よし、やるか。決まりは分かってるな。一回の掛け金は最低十、最高三十まで。だれかが三百勝つか負けるかしたら終《しま》いだ」

「分かってるって。よーし今日こそ勝つぞ」

子供たちが興奮してルカーロを囲む。かれがポケットに手を突っ込んで出したのはサイコロふたつと小さなカップだった。やろうとしているのはもちろんサイコロ賭博《とばく》だ。

胴元であり親を務めるのは毎回ルカーロ。客の子供たちは今回七人だが、減るときも増えるときもある。祭りの夜に出会った子供たちを適当に集めて開くからだ。

ふたつのサイコロを振り、子供たちに合計数を当てさせながら、ルカーロは小さなノートに暗号の名前と掛け金を書き付けていく。親であるルカーロは決して損をすることはない。掛け金がささやかすぎて儲《もう》けも微々《びび》たるものだが、確実に目の前の子供たちよりは稼《かせ》ぐ。一歩抜きんでている。

十だ、六だと叫ぶ子供たちに愛想良く微笑みながらルカーロは考えていた。

（ほんとチョロイよなあ、コイツら）と。

魔法使いルカの幼名はルカーロといった。

外国風な響きなのは、船乗りの祖父が、異国の地の祝福された人の名前を取ったからだった。

幼い頃から頭がよく、計算が得意だった。数字に関することも、それ以外も。

つまり利に長《た》けていたのだ。

子供時代のルカーロを語るうえで逸話《いつわ》は尽きない。イトルの港町の祭りに繰り出すと、かならずもらった小遣いよりも多く食べて飲んでくるとか、祭りの出店で、大人でもとけない数字のパズルを解いて見事賞金をかっさらうとか、地味なところでは貸本屋から小難しい本を何冊も借りて一心不乱に読んでいる、などだ。

この時本を借りた金は賞金や日々の小遣いからではなく、ルカーロが胴元となって行う賭《か》けごとの利益から出ていたというのは重要だ。子供の小遣い銭も塵《ちり》も積もれば山となる方式だ。

しかも山と積もってくれたのは、だれかの親に阻止されることなく長く続いた証拠でもある。

実はこのあたりがルカーロの賢いところだ。

賭けを開いた際、勝ち手が負け手のすべてを巻き上げることのないよう、ルールを調整していたのだ。

スッカラカンに負けた子供は悔しまぎれに親に告げ口する率が高い。また勝った方も親に上手に隠せなければ白状する。その結果、ルカーロは双方の親からお小言《こごと》とゲンコツと賭け事禁止の命令をもらうわけだが、困るのはそれではなかった。

まず禁止については無視するので問題ない。お小言やゲンコツはそれ以前だ。気にもしない。

困るのは、次に賭けごとを催《もよお》した際、このふたりが利口ならば掛け金に慎重になってしまうことだった。そうなれば胴元の取り分ががくっと減ってしまう。それを避けたい。ゆえにバランスをとる。

かれの利に長《た》けている性質とは、十歳ながらここまでを考え抜き、目的のために些細《ささい》な努力も惜しまないところだった。

このことは出店からのおまけの調達にも言えた。おべっかを言うのも値切るのも大抵の子供は言うしやれる。うまくいって得をするときもある。しかしこれを毎回となると話が違う。毎回おまけをもぎ取れる子供はまずいない。子供の飽《あ》きっぽさや大人には敵《かな》わないという心理で、二三度邪険にされれば諦める。が、ルカーロは諦めない。子供たちから金を集めたら、絶対に諦めず毎回目標を叶えるのだ。

ルカーロはこの頃、両親からはお金を貯めるのが上手《うま》い子供だと思われていた。遊び仲間からは、金にがめついが頭がよくて逆らうのは難しいと思われていた。それにたまにいい思いもさせてくれる、いわば頭脳派ガキ大将でもあった。

そんなかれが十歳と数ヶ月になったある日。

イトルの町に住む親族一同の長老にルカーロは呼ばれた。

これに遡《さかのぼ》ること数日前、大人たちが自分と同じ年頃の男の従兄弟《いとこ》・はとこたちを集めて遊ばせる機会があった。新年の祝いや結婚や葬式でもないのに親族の子供たちが顔をつきあわせるなど今までなく、ルカーロはずっと腑《ふ》に落ちなかった。だがその答えがこれで聞けると思った。また、呼び出されたのが自分ひとりだと分かると背中がぞくぞくした。目的は何か分からないが、あの子供たちの中から自分は選び出されたと悟ったのだ。

しかしその報酬《ほうしゅう》がこれほどのものとは夢にも思わなかった。

長老は言った。

「おまえはこれからトルマス王子のご学友になるのだ」と。

ルカーロは目をまん丸にし、数秒は息をするのも忘れた。

その間に長老は今度の経緯について話した。

半月程前に王妃の実家に届けられた手紙が始まりだったと。

『自分の親戚《しんせき》の中から聡明な子供をひとり探して欲しい。その子を王子の学友として迎えたい』

そう書いてよこした王妃は、港町イトルに居をかまえる庶民《しょみん》の家の出身だった。

今から十年近く前、王宮の侍女《じじょ》だった彼女は王子イスマルに見初《みそ》められた。

が、そこから王妃となるまでには、当然だが紆余曲折《うよきょくせつ》あった。当時の国王は当然猛反対した。

庶民の娘を第一王子の正妃になどできるはずがないと。よくある話だ。

違うのは、イスマル王子が父の反対を押し切り、自分の地位を捨てる覚悟で、駆け落ち同然に妻のリーザと生まれたばかりのトルマスを連れて、イトルの港から船出しようとしたことだ。

このロマンスは港町イトルを席巻《せっけん》したし、国のあちこちに吟遊《ぎんゆう》詩人らがばらまき、大街道を運ばれて遙《はる》か西の地へも届いているという。

これにはリーザの親戚《しんせき》一同も鼻高々だった。我が一族の娘は王子のハートを射止《いと》め、国さえ捨てる覚悟をさせたと。

その自慢の王妃からの願いだ。一族は何が何でも応えるつもりでいた。

求められているのは、『年齢は王子に近く年上の場合は四歳上まで。もちろん男児。健康であること。聡明であり字の読み書きができること。乱暴でないこと』だった。他に、できるだけ見た目もよく、礼儀作法《れいぎさほう》も心得ていることと、これは王妃とは別の筆跡で足されていた。

手紙を受けとって読んだ王妃の家族と、相談を受けた長老たちは額をつき合わせて相談した。たんに頭のいい礼儀正しい子供ならば、貴族の中にもいる。だが王妃の親戚からとなったら話は変わる。他の目的も隠されているのではないのかと――。

また手紙が届いた瞬間から、ルカーロを知る者はだれもがかれの顔を思い浮かべていた。

「ルカーロ。トルマス王子の母君リーザ王妃様は、イトルに古くから住む我らの一族のひとりだ」

長老はルカーロを前に噛《か》んで含めるように話を続けた。

「はい」

「我らは多少裕福ではあるが、貴族ではない。ただの市民だ。むしろその事に誇りを持っている。一族には船乗りもいれば港で店を開く者、もっと内陸で畑を持つ者、ワインを作る者、はたまた大街道の果てまで旅する商人までもいる。いわばウミベリのどこにでもおり、それゆえウミベリを代表するような市民でもある。健康で働きもので重罪人もおらず、どんな場所にも胸を張って出て行ける。そのことも我らの誇りだ。分かるか」

「……はい。分かります」

ルカーロは難しい内容につかの間考えてからうなずいた。長老は椅子《いす》の中で老いた身体《からだ》をぐっと前へ出した。

「だがまさにこの我らの誇りのせいで、トルマス様は難しい立場に立たされるはずだ。きっと今現在もお生まれのことで、王宮で孤独になさっているだろう。だからこそ、王妃はご自分の親族の中からご学友を選ぼうとなさったに違いないのだ」

ルカーロは意味するところを理解すると、顔を緊張させてうなずいた。

「よいか、もし王子が生まれのことでだれかに虐《いじ》められたら、必ずおまえが庇《かば》うのだ。時には手も上げられるだろう。屈辱《くつじょく》的な言葉も浴びせられるだろう。それでも逃げずに王子の盾となるのだ。そして王子の一番の臣下となり、生涯《しょうがい》忠誠を誓ってお助けするのだ。それがおまえの務めだ。できるか、ルカーロ。下町の子供たちを従えるような、楽な仕事ではないぞ。できるか？」

ルカーロは長老の気迫に押されるようにゴクリとつばを飲み込んだ。

「はい、もちろんです！　一番の臣下になって王子を支えます」

この答えに長老は破顔一笑《はがんいっしょう》した。

「よし、よい返事だルカーロ。やはりおまえを選ぶことにして正解だった。おまえがこの務めを立派にやり遂《と》げることを一族全員が期待している」

「はい！」

ルカーロは再度、顔を縁取る茶色の巻き毛が大きく揺れるほど熱心にうなずいた。

そして心の底ではこう思っていた。

（やった、やったぞ！　俺にもようやく運が回って来た！　これをとっかかりに出世して、行く末は……そうだ、この国の重要人物になってやる！）

利に長《た》けたルカーロはこの年にして分かっていた。

世の中、頭がいいだけではダメだ。

コネがいるのだと。

この国最大のコネとなりそうなものを自分は掴《つか》んだ。ならばあとは最大限利用するまでだ。

自分の幸運に目がくらみそうだった。幸運もコネも自分に用意された運命だ。あとはそれを生かすのが自分の務めであり力の見せ所と思った。

よって今まで自分が描いていた、大人になるまでの人生設計は進んで破棄《はき》した。

小金を貯めて船乗りになり、ゆくゆくは大型船の船長になることも、貯めた金を学費にあてて高い教育を受け、町長の秘書になったり町長そのものになったりすることも、国を行き来して貿易でひと財産を築くことも、すべて「王子の学友」の前には霞《かす》んだ。

(そうとも。学友になれば、王様にだって目通り出来る。顔を覚えてもらえる。将来役立ちそうなツテだって王宮で作り放題だ)

ルカーロは文字通り踊り出したい気分だった。

そのうえ王子が受ける最高の教育を自分も受けられると思うと、身体《からだ》が震えた。下町の学問所では決して望めないような歴史や地理や計算や、ほかに紳士のたしなみの貴族の舞踏会《ぶとうかい》で踊るようなダンスも学べるのだ。

しかもこれを享受《きょうじゅ》するためには、単に王子に気に入られればいいだけだ。

長老の元から帰ったその日、ルカーロは笑いが止まらなかった。

(楽勝だ。年下の王子のお気に入りになるなんて、ほんと簡単なことだぜ――)

出発までの三日間、ルカーロは忙しく過ごした。

真新しい服を作ってもらったり買ってもらったり、王妃への挨拶文《あいさつぶん》を暗記させられたり、入れ替わり立ち替わりくる大人たちの挨拶を受けたり、喜んだと思えば別れを悲しがる母親の抱《ほう》擁《よう》を日に十回受けたりとだ。ルカーロ自身はそれ程寂しさは感じなかった。不安よりも期待の方がだんぜん上回っていたのだ。

出発当日、ルカーロの家の前に王宮からの立派な馬車が止まった。

家族や主だった親族たちも集まって見送る中、馬車の中へ入り、フカフカの椅子《いす》に座って外へ手を振ったときは、自分がすでに重要人物になった気がした。

「ルカーロ、約束を忘れちゃあダメよ」

母親が言う。不安そうなのは別れのためか、息子の大役を心配するせいなのかは分からない。

「だいじょうぶだよ母さん。約束は全部覚えてる。家に手紙も書くし、朝晩のお祈りもかかさない。もちろん一番大事なトルマス王子をお守りするために行くってこともね」

最後のことはルカーロ自身も特別強く自分に言い聞かせていた。

王子が虐《いじ》められていたらもちろん庇《かば》う。なにしろ自分が出世をする唯一の手がかりだ。大切にしようと心に決めていた。

かれを送り出す際、かれの本質を見抜いている大人もいたが、話し合いの結果それはむしろ有利な資質だと結論がついた。

「性格のよさで言えばフリス坊、真面目《まじめ》さで言えばオルタスだが……」

「多少計算高くもないと、王子をいじめるものどもに対抗できん」

「口の達者さなら、どこのものにも負けまいて」

「なにより、目的のためには滅多《めった》なことでへこたれないぞ、あの坊主《ぼうず》は」

最後の言葉が決定打であり真実でもあった。

もしルカーロ本人が聞いたとしても、けろりと「そうだよ」と認めただろう。

自分の性格についてなんらやましさを感じていないのだ。もちろん人に素直に言わないだけの知恵はあるが。

(四歳年下なんだよな、トルマス王子は。六歳っていうと布問屋のとこのウィルバーくらいか。ちっこくって細っこくて……。あと馬鹿なんだよな。……って王子に馬鹿はマズイか。幼いから幼稚とか、頭が回らないとかか？　きっと甘やかされてるだろーし。あんまりバカで始末に困ったら一回ゲンコツするくらいは平気かな。もちろん大人の見えないところで)

指を折りながら独《ひと》り言《ごと》を言っているうちにルカーロはうつらうつらしだした。

朝早くから起こされて、上から下までこれでもかと風呂場で洗われ、家族そろっての朝食に、涙の抱擁《ほうよう》に、ともかく盛りだくさんだったのだ。

　そのせいで王宮に近づくところも敷地に入ったところも見ることはなく、馬車がガタンと揺れて止まってはじめて自分がウミベリの王宮へ来たことを知った。

　王宮についたルカーロはまず侍従長《じじゅうちょう》に会わされ、少しばかり話をし、すぐに世話係のメイドに託《たく》された。彼女はスージーと言い、二十歳《はたち》になったばかりの娘だった。

（世話係じゃなく、見張りと伝言と言い付け係、かな）

　ルカーロはスージーを値踏みして悪くはないかと思った。ちょっと馬鹿だけど親切だった。

（いっけね、馬鹿はよすんだった。賢くはないけど親切、だ）

　同じ年の弟がいるとかぺらぺら喋《しゃべ》り好き嫌いを聞き、上着を脱がせて身体《からだ》のサイズを測った。なんでも公式の場に出るための礼服を作るという。

　ルカーロが持ってきた服じゃ駄目なのかと聞くと、スージーは開けたトランクの中を見て首を振った。

「上等かどうかじゃなくて、色が違うから。王子のご学友は緑のケープを着るんです」

　それから厚手の洋服も足りないことも教えられた。

「だってこれから夏になるのに？」

「夏にはなるけど、必要なんですよルカーロ坊っちゃんは」

結論を言うと、この日ルカーロはトルマス王子に会うことはできなかった。基礎的な読み書きのレベルや知識の程度を試験されることで終わった。もちろん健康診断も行われ、病気がないことも確認された。

この一日の中で意外に思ったのは、侍従長が宮廷では権限が高いことと、慌《あわ》ただしく顔を見せた人の良さそうな老人がウミベリ一番の魔法使いということだった。

がっしりした長い杖《つえ》を脇に挟み、ルカーロの顔をじっくり見た魔法使いは、名前を言えとか今日は何日かとか読んだ本はあるのかなど聞くだけ聞き、ふむふむとうなずくと最後に「目を覚ましたくなったらわしの元へこい」と謎の言葉を残して出て行ってしまった。

ルカーロもぽかんとした。

(目を覚ますってなんだよ。俺はちゃんと起きてるぞ。寝坊だってしないのに)

訳の分からないことは大嫌いだったのでしばらくむくれていたが、そうしていても何の得にもならないと気付いてやめた。きっと偉い魔法使いともなると何から何まで普通と違うのだろう。そう考えて肩をすくめて忘れた。

その夜はフカフカのベッドでぐっすりと眠り、スージーの言葉の意味が分かったのは翌日朝だった。

部屋で朝食をとってすぐにルカーロは再び馬車に乗って出かけることを告げられた。

「なんで？　来たばっかじゃないか。まさかトルマス王子に会わないうちに俺、家に帰されるの？」

「いいえ、違いますよ。これから会いにいくんです。トルマス様と王妃様は、いま夏の別荘にご滞在なんです」

「……あー。わかった。そういうこと。ちぇっ、まだ品定めされてたんだ俺。それで合格したからやっと王子のところに連れてくんだろ」

「いいえ。どんな子か侍従長様がお顔を見たいっておっしゃっただけですよ。ご学友になることはほぼ決まってました。さ、このケープを着て」

　スージーがルカーロに羽織《はお》らせたのは新緑の色のケープだった。柔らかくて軽い生地で、手触りは信じられない程なめらかだった。

「これ一日で仕上げたの」

「はい。城のお針子《はりこ》たちが交替で。もう一着厚手の上着も荷物に入れておきましたから、向こうで寒かったら着てくださいね」

「スージーは行かないの？」

　驚くルカーロにメイドはうなずいた。

「向こうにもちゃんと面倒を見てくれる人はいますよ」と言って。

馬車での道中は途中休みもふくめて四時間程かかった。

退屈や空腹を見越して、馬車の中にはピクニックバスケットも水筒もあった。

だがルカーロはそれに手を付けなかった。正確には手を付けられなかった。

こんなに長時間馬車に揺られたことがなかったので、気持ちが悪くなってしまったのだ。二度ほどやむにやまれぬ事情で馬車を止めてもらい、外へ走り出た。二度目の後にルカーロは御《ぎょ》者《しゃ》と交渉し、結果馬車の中でなく外、御者台に乗せてもらうこととなった。ルカーロと御者双方の面目を保つため、別荘が見える辺りでは中へ戻ることを条件にして。

「このこと絶対、人に言わないでよ。王宮の人にも、別荘の人にも」

青い顔をしながら必死に言うルカーロに、御者は笑いをかみ殺しながらうなずいた。

新たな座席となった御者台は、スプリングの効いた馬車の中よりかなり揺れは激しかった。しかし外の景色が見えるのと見えないのとでは大違いで、ルカーロはその後馬車を止めてもらうことなくすごすことが出来た。

このルカーロの必死の努力もあり、予定にさほど遅れもださず、馬車はその日の午後早くに王家の夏の別荘へ着いた。

しかし用意された部屋に落ち着く間もなく、ルカーロは庭園へ来るよう言われた。

王妃と王子がすぐにも会うと言ってよこしたのだった。

ルカーロは青白い顔のまま胃を撫《な》でながら、呼びに来たメイドの後についていった。歩きながら、スージーが着せてくれた緑のケープのリボンをもう一度結びなおす。

馬車の移動で多少しわが出来ていたが、ケープに汚れはなかった。そこだけは死守したのだ。

（もう少し落ち着く時間くれたっていいもんなのに。なんだよ散々もったいぶってたくせに。やっぱり王子なんて我《わ》が儘《まま》だよな。王妃はどうなんだろ。俺のはとこの叔母《おば》さんか大伯母さんとかにあたって、昔から気立てはいいって聞いてたけど……。召使いにかしずかれる生活してるとやっぱ性格も変わるのかな）

庭園を歩きながらルカーロは考えた。胃がまだおかしな感じだったけれど、揺れない地面を歩くのはさほど辛《つら》くなかった。

おなかが落ち着くと、次第に周りの景色にも注意を払えるようになって、ルカーロはここがすばらしく手入れの行き届いた庭なことに気付いた。例えば色とりどりの花をつける花壇《かだん》に萎《しお》れた花は一つもなかった。毎朝枯れたり萎《しな》びた花を庭師が丁寧《ていねい》に摘《つ》みとっているのだ。つる植物も伸び放題ではなく、無理なく支柱にはわせていて、中でもつる薔薇《ばら》は見事な花の柱になっていた。そしてスージーの言ったとおりイトルの港町に比べてかなり涼しかった。ケープがなければ寒いと感じただろう。

植え込みが入りくんだ迷路のような庭園を抜けていくと、やがて花壇に囲まれる石造りの東《あずま》屋《や》が見えた。そこからかん高い子供の笑い声が聞こえてくる。

(王子がいる)

ピンときて、ルカーロは上着の裾《すそ》をひっぱり、無意識につばを飲み込んだ。

(いよいよトルマス王子と会うんだ。最初が肝心《かんじん》だぞ。舐《な》められないように、でも嫌われないように。って、一緒に王妃様もいるんだった。まずは愛想良くして……)

そんなことを自分に言い聞かせ、ルカーロはメイドの後ろで優等生の笑みを浮かべた。

お昼を終えたばかりの王子は、東屋で王妃と一緒に本を読んでいるところだった。東屋内にはいくつか人影があったが、座っているふたりがウミベリの王妃リーザとトルマス王子であることはすぐわかった。小さな男の子は黒い髪をしていた。顔はうつむいていて分からない、ただ一生懸命に絵本を読んでいた。

その声が切れ切れに聞こえてきた。男の子の声ははきはきとしていてよく通り、聞き取りやすかった。

『勇敢《ゆうかん》な漁師の子供プルッチは、こうして海に出て最初にクジラに会いました。プルッチは聞きました。——村のみんなを飲みこんだ怪物はおまえか』

絵本は勇敢な漁師の子供が怪物退治をする話だった。ルカーロも小さい頃読んで知っていた。

一国の王子も自分と同じ本を読むと知って、ふしぎな気がした。

と、東屋の手前でメイドが止まった。よそ見していたルカーロは危うく彼女の背中にぶつかるところだった。

メイドは近寄ってきた王妃の侍女《じじょ》にルカーロを連れてきたと告げた。聞いた侍女がまた東屋に戻って王妃に伝える。王妃は鷹揚《おうよう》にうなずき、息子に朗読を待つように言った。

トルマス王子はどうしてと聞いたが、王妃に耳打ちされると「アッ」と叫んで立ち上がった。王子は黒い髪に黒目がちの大きな瞳を持っていた。髪はさらさらで、巻き毛の自分とだいぶ違って見えた。

だが何よりも目を惹《ひ》きつけられたのは、男の子の好奇心で一杯の顔だった。

この時ルカーロのトルマス王子への印象も目まぐるしく変わっていた。

（そこそこ賢そうで、整った顔だちで、素直そう。チョロイかな？　意地悪な顔じゃない。けどまだ分からない。あと、なんだ？　なんであんな顔してる……？）

トルマスの顔は輝いていた。好奇心で一杯の顔でこちらを見ていた。自分に会えて嬉しそうに微笑む顔だった。

なんでだ？

初めて会ったのに、どうしてそんなニコニコしてるんだ。

やめろよ。

そういうの、やめろって。

こっちにまでうつっちゃうじゃないか。

――そういうの困るんだよ。

ルカーロはくちびるをギュッと引きむすんだ。

二章　ある魔法使いの思い出（2）

「ごきげん麗《うるわ》しくリーザ王妃様、トルマス王子様。イトルから来ました、ルカーロです。王妃様のご要望により一族の中から僕が選ばれてよこされました。どうぞよろしくお願いします」

ルカーロはふたりの前へ出ると、暗記してきた口上《こうじょう》を述べて胸に手をあて、いっぱしの騎士風の礼をした。もちろん片足を引くことも忘れなかった。

ただし口上のうち、『もしも自分で足りなければ速やかに交替する用意があります』のところは忘れたふりをして端折《はしょ》った。交替なんてとんでもない話だった。

挨拶《あいさつ》の間に観察した王妃と王子の印象は、やっぱり優しそうと素直そうだった。

いつものルカーロ式に言い直すと、どちらもチョロイ、だ。

（王妃の態度は落ち着いてるし、心配事なんかひとつもないって感じだな。王子の方はさっきの本読みを考えたら、すくなくとも大馬鹿じゃない。そこそこ賢いってとこか。じゃ俺が学友になっても、気を遣って馬鹿のフリしないでいいか）

そんな身もふたもないことを考えていると王妃リーザが意外に覇気《はき》のある声で話しかけてきた。

「そんな風に大人のふりをする必要はありませんよルカーロ。あなたはトルマスの遊び相手として来たのですから。学友といってもまだトルマスは幼いですからね」

「僕もう本が読めるよ、お母様」

六歳のトルマス王子が抗議の声を上げる。

「そうだったわね。でも一緒にこの庭を駆け回ったり茂みの下をくぐったりもしたいんでしょう？」

ルカーロは驚いた。そんなことを口に出して許す母親は下町にだっていやしない。みな服を汚しては怒られる。もちろん子供たちは叱《しか》られてもへっちゃらで、毎日狭い路地やよその家の庭木の下をくぐって好き勝手に遊ぶ。

「それは、すると思うけど。一緒に勉強だってするよ」

トルマス王子はルカーロと母親を見比べて言った。

「そうね。あなたはお勉強が好きだものね。ルカーロ、長時間馬車で揺られて疲れているでしょう。しばらく部屋で休んで、お腹《なか》がすいていたら台所へ行って好きな物を食べなさい。ナタリーが面倒を見てくれるわ。でも夕食は一緒に取る予定だから程々にね」

「今日はお昼に鮭《さけ》のパイが出たよ。クリームがいっぱいで美味《おい》しかった」

トルマス王子が素早く言う。ルカーロは鮭のパイが大好物だった。けれど胃の辺りにまだ違和感があって、いまはとても食べられそうになかった。

「ありがとうございます。でもお腹は空《す》いてないんです。休む前にこの建物や庭を見て回ってもいいですか。しばらくここに滞在するんですよね」

「ええ、十日はいる予定よ。ではだれか……」

「僕が行くよ！」

王妃が言い終わる前にトルマスが絵本を閉じ、東屋の椅子《いす》からすべりおりた。

「僕が案内する。だってルカーロは僕の学友なんでしょ。僕が面倒見てあげなくちゃ」

ルカーロはまたびっくりして固まった。その間にトルマス王子は走って来て、ためらいなくこちらの手を握り駆けだそうとした。

ここで三度目のびっくりだ。王子がこんなに気安く初対面の相手の手を握っていいのだろうか。

「トール！　走ってはダメ」

だが、すかさず王妃リーザの声が飛んだ。この辺りは普通の母親だ、とルカーロは後になって思った。

「えー、どうして。お外ならいいんでしょお母様」

「人を案内するときは、走って行くものではないでしょう」

「……はーい。じゃあさ、早足で行こうルカーロ」

後半はルカーロにだけ聞こえるひそひそ声でトルマス王子が言い、自分の言葉どおりせかせかと歩き出した。

ルカーロは手をひっぱられながらもチラリと後ろをふりかえった。

王妃は侍女のひとりについて行くよう指示を出しているところで、その侍女は王妃に軽く膝を折るとスカートをたくし上げてルカーロたちのあとを小走りに追ってきた。ふりむいたままのルカーロと目が合うと、王妃はちょっぴり困ったように微笑《ほほえ》み、頼むわねと行ってらっしゃいを混ぜたような表情で指先をひらひらと動かした。

ルカーロは大きくうなずいて顔を前に戻した。なぜか自然に大きく息を吸って、フンと勢いよく吐いていた。

この夏の別荘は別名つる薔薇《ばら》屋敷と呼ばれていた。別に薔薇ばかりが咲いているわけではないのだが、屋敷の外門から玄関までにアーチ上の支柱が三本あり、すべてにつる薔薇が這《は》わされて、毎年見事な花を咲かせるためだった。ルカーロもそこを通ってきたはずだが、馬車に酔ったのと、いよいよ屋敷に着いた緊張でろくすっぽ見ていなかったのだ。

「一番きれいな時期は先週だったよ。ルカーロがもう少し早く着いたら見られたのに」

走るよりは歩くに近い程度の早足で歩きながらトルマス王子が言った。

「はい。残念です。でもこんなにきれいな庭を見たことありませんから」

ルカーロもせかせかと歩きながら答えた。

ちらりと横目でみるとトルマスはしかめっ面《つら》をしていた。ひょっとして返答を間違えたかなとルカーロは慌《あわ》ててつけ足した。

「もちろん先週来て見てみたかったですけど……」

「どうして来られなかったの？　母上は十六日も前に手紙を出したんでしょ。日にちを数えてたからちゃんと覚えてるよ」

「それは……」

学友の件を聞いた親戚《しんせき》のジジイ共が、条件の賢さという特性に目を瞑《つむ》り、まずは自分の孫たちをと言いだし牽制《けんせい》し合ったからです。とは流石《さすが》に言えなかった。

ルカーロには同じ年頃の従兄弟《いとこ》やはとこが十名ほどいた。中には王妃の指定した年齢からは外れているものもいたが、ともかく王子の学友になるならぜひうちの孫をと主張する老人たちには事欠かなかった。

それを王妃の実父と最高齢の長老が相談し、話し合いの場をもうけて取り纏《まと》め、候補を八人にしぼり、五人にしぼり、三人、ふたりと削《けず》って最後にルカーロに決まったのだ。と、一昨日夜、最後の家族そろっての食事で酒に酔った父親が口を滑らせた。

ルカーロは自分のライバルとして、八歳のフリスや同じ年のオルストの名が上がっていたと知って憤《いきどお》った。頭のよさで言ったら断然自分だ。自分に白羽《しらは》の矢が立ったことは当然の成り行きと考えていたのだ。

それらをどう聞こえよく取り繕《つくろ》って言おうかとルカーロが頭を捻《ひね》っていると、

「ひょっとしてルカーロ、来たくなかったの？」

トルマスが怒ったように聞いてきた。

「まさか！　すごく来たかった！」

ルカーロは即答した。

「えっとでも僕のほかの従兄弟《いとこ》たちもトルマス王子のご学友になりたかったから、それでだれが行くことにするか決めるのに手間取ったんです」

ルカーロは勢いで言ったついでに上手《うま》い言い訳を考えたと得意になった。

おまけにこの理由はトルマスも気に入ったようだった。嬉しそうに笑ったからだ。

「ふふ。なんだあ。ならみんな来ればよかったのに。友達がいっぺんに沢山《たくさん》出来たのに。ね、ナタリー」

トルマスは後ろから着いてくる侍女に言った。

「そういうわけにはいきませんわトルマス殿下。お友だちが増えたら、遊ぶ時間がそれだけ増えてしまいますのは、このナタリーもよーく知っていますからね」

トルマスは肩をすくめてルカーロにひそひそと耳打ちした。

「ナタリーにはね、男の兄弟が四人もいるんだって。そのうち二人が双子《ふたご》で家の中がいつもおもちゃ箱をひっくり返したみたいで、せんたくだけで専用のお手伝いがいたんだってさ」

「専用の繕《つくろ》い人もです。兄弟たちはしょっちゅうズボンの膝を擦《す》りむいてましたし、袖口《そでぐち》を木に引っかけて破いていましたから」

「それだけ冒険してたんだ。いいなあ。ね、ルカーロは木登りできる？」

「はい、できます。ついでに海で泳いで素潜りでウニやサザエを獲《と》ったりもします。港町に育ってれば当然だけど」

「ルカーロ、すごいね！　それ、僕も出来るようになるかな！　息をずっと止めるんだよね」

ルカーロはちらりと後ろの侍女を見た。侍女は普通の顔をしていた。

「泳げるんですか？」

「……プールで泳いだことならあるよ」

「海は波があるから。たぶんもっと大きくならないと王妃様がお許しにならないと思います」

「じゃあ木登りは？　体操室の鉄の木には足がかりが付いてるから本当の木登りとは違うんだ。僕、木に登って真っ赤なリンゴをとって下に投げたいんだ」

　その気持ちは分かるとルカーロは思った。

　年上の少年たちがいとも軽々と木に登り、幹をゆさゆさと揺らしたりするのが格好良く思えた時期があった。ルカーロの場合それはアーモンドの木だったりオリーブの木だったりしたが、トルマス王子はもっと北のリンゴの生育地にも行ったことがあり、その光景を見たのだろう。

「木に登るには手足の長さも必要ですから、もうちょっと背が伸びないと」

　でも反対に椰子《やし》の木には登れるのだが、あれにはもっとコツがいるので、話すのはやめておいた。落ちて怪我《けが》でもされたらたまらない。

「ふーん。ここの北側に林檎《りんご》と枇杷《びわ》が三本ずつあるんだ。庭師の子供がひょいひょい登っていくのを見たことあるよ。やっぱり僕にはまだすこし早いっていわれた」

　話をしている間にルカーロたちは屋敷に着いた。

　そこからはトルマスはしかめ面することなくルカーロの手をひっぱってあちこち案内していった。屋敷の一階は主に公的な部屋、応接間やダンスの広間、広いダイニングそして使用人たちの部屋が半地下にあった。ルカーロが回る途中で喉《のど》が渇《かわ》いたと言うと、トルマスはすぐに台所へ案内してくれて、台所の隣の小部屋で一緒に冷たいレモン水を飲んだ。蜂蜜《はちみつ》を加えられた贅沢《ぜいたく》なジュースだった。

この日は屋敷内と庭の案内で午後のほとんどがつぶれてしまい、ルカーロとトルマスが別れたのは夕食の始まる一時間前だった。

ルカーロはようやく用意された部屋にもどり、荷物がすべてとかれて服はタンスへ、本は机の上に整理されて並べられているのを知った。

さすがにルカーロも疲れ切っていた。ケープを脱いで椅子《いす》に放ると、ほんの少しとベッドに横になった。だがそのままぐっすりと寝てしまい、結局侍女《じじょ》のナタリーが起こしに来るまで眠っていた。

起きたルカーロはあわてたがナタリーは慌てず騒がずてきぱきと今宵《こよい》着るべき服を出してくれた。

「平気です、王妃様に余裕を持って迎えに行きなさいといわれていますから。顔を洗って、着替えて充分間に合います」

「そうなの？」

「ええ。はい腕を上げて。首を上げてリボンを結びますから。さあ出来ました。立派な小さい紳士ですよ」

鏡に映った自分は眠たそうな顔をしていたけれど、母親が新しく仕立ててくれた絹と綿を合わせた柔らかな生地の、縁に波模様のあるクリーム色の上着を着た姿はなかなか悪くなかった。

「ねえ、このブローチを胸元につけてもいい？」

ルカーロはふと思いついて、母親が持たせたささやかな装飾品の箱から緑の葉のブローチを取りだした。ナタリーは目を細めて全体を見てからうなずいた。

「悪くはないですね。どうしてです？」

「王宮で言われたんだ、服の色が違うって。王子の学友は緑なんでしょ。その色をどっかに使うべきかなって思って」

ルカーロがブローチを留めようと服の胸元をひっぱっていると、ナタリーの手が伸びてきてブローチを引き受け、手早く見栄えのいい位置につけてくれた。

「ありがとう、ナタリー」

「いいえ。こちらこそ、ありがとうございます」

ナタリーは優しい声でルカーロに言った。

またナタリーは今夜のテーブルには王妃と王子とルカーロしかいないことも教えてくれた。普段は別荘近くに住む貴族や要人を招くことも多いのだが、今夜はやめたのだという。母子とルカーロがゆっくり話す時間をとるためだ。

この晩の夕食の席は確かにこぢんまりとしていた。出された料理も派手な鳥の丸焼きなどはなく、魚の蒸したのや豆の煮た物などで、唯一デザートが三種類――プリン、チョコレートケーキ、チェリーのタルト――用意されていたことが王家の食卓らしかった。

それゆえルカーロは、王妃や王子といえどつねに豪華な食事ばかりしているわけではないんだなと知った。

食事の席で王妃はイトルの町のようすを聞きたがった。

ルカーロは当たり障《さわ》りないことを話そうと努めたが、王妃は何故か裏通りや下町について詳しく聞きたがった。またなまじ昔知っている場所なだけに質問のしかたも上手《うま》く、ルカーロはついつい話す羽目となった。トルマスは当然目を輝かせて自分の知らない町について聞き入っていた。

このトルマスだが、ルカーロが部屋に入って向かいの席に着くと、夕食の一品目のスープが片付けられるときに、テーブルに身を乗り出して嬉しそうに言った。

「緑の葉っぱのブローチだね！」と。

その事からルカーロは自分の選択は正解だったのだなと満足した。

地味だが美味《おい》しい料理でお腹《なか》が一杯になり、食べ盛りのルカーロでさえプリンのお代わりを断念すると、そこで夕食はお終《しま》いだった。王妃は席を立ち、息子を連れて部屋を出た。そこでようやくルカーロも解放された。

再びナタリーに連れられて部屋にもどり、服と靴《くつ》を脱いで頭から木綿《もめん》の寝間着《ねまき》を被《かぶ》せられ、命じられた洗顔と歯磨《はみが》きが終わるとすぐにベッドに追い立てられた。ルカーロに不服はなかった。歯磨きしながら半分船を漕《こ》いでいたのだ。

清潔な白いシーツの間に身体《からだ》をすべりこませると、ナタリーがランプを消して部屋から出るかでないかのうちに眠りに落ちた。

寝入りばなにルカーロは夢うつつで昼間のことを思い出していた。

まぶしい庭園の風景。好奇心一杯の顔でにこにこと笑っていたトルマス王子。

こちらを見て、遊びたくってたまらないって顔でウズウズしていた。

(困ったなあ……)

ルカーロはもう一度思った。

(ほんと困る。こっちにまでうつっちゃうじゃないか。うつって、それでこっちも嬉しくなっちゃって、こそばゆくなるじゃないか……)

昼間は皆が見ていたので意識してくちびるを引き結んだ。

でも今は、だれも見ていない夢の中では。

ルカーロは素直に笑顔をうかべていた。

トルマス王子に会えて、嬉しいと感じたとおりに。

＊
＊

ルカーロの学友生活は翌日から正式に始まった。

トルマス王子への授業が再開されたのだ。

ルカーロはトルマスを年下だからとどこか余裕を持って授業に臨《のぞ》んだが、その考えは甘かったと実感した。教師たちが教える内容はたしかに六歳のトルマスに合わせたものだったが、使われる上流階級の言葉遣いの意味や要求される基礎《きそ》知識など、どれも水準が高く初めて聞くことも多く、ルカーロは全力でついて行かねばならなかった。これが最高レベルの教育だとわかったが、それを楽しむ余裕は当分持てそうになかった。むしろルカーロが水準についてこられるようにと遠慮《えんりょ》無く宿題を出す教師たちに恨めしい目を向ける日々だった。

勉強は午前に二時間、午後に二時間と区切られていた。

それ以上はまだトルマスの集中力が持たないのだ。

では残りの時間ルカーロが何をしているかというと、だれもが察するようにトルマスの遊び相手だった。王妃の言った通りトルマスは庭の茂みの下をくぐり抜け、ズボンの膝も尻も泥で汚れた。毎日四時間の勉強とその予習復習、さらに遊び盛りのトルマス王子の相手。ルカーロは今までにないほど多忙な日々を過ごした。

その中で心に残ったことは緑のケープだった。授業の初日、緑のケープを羽織《はお》って勉強部屋に行くと、そこにはもうトルマスが来ていた。窓際にたち王子に挨拶《あいさつ》しようとしてルカーロは思わずアッと叫んだ。

トルマスが自分と同じ緑のケープを身につけていたのだ。

「おはようルカーロ」

「おはようございます、殿下。このケープ……」

「うん、そう。僕が考えたんだ、勉強時間用のふたりのケープ。おそろいだよ。制服って言うんだよね」

嬉しそうに言うトルマスにルカーロは昨日のナタリーの言葉も、王宮で世話してくれたスージーのきっぱりした態度もすべて繋《つな》がった気がした。

(トルマス王子は使用人たちに大事にされてるんだ)

嬉しいことだった。ルカーロは注意深く観察したが、十日間の滞在中、トルマスが使用人たちからささやかであれ嫌な目に遭《あ》わせられることはなかった。それは教師たちにも言え、みな幼い王子に親切で、礼儀《れいぎ》正しく、敬愛をもって接していた。

(じゃあだれがトルマスを虐《いじ》めてるんだ？　だれが庶民《しょみん》の出身の母を持つって馬鹿にしてるん

だ?)

それはひいては自分たち一族への侮蔑《ぶべつ》にも繋がる。けっして捨て置いてはいけないと考えていた。

別荘での十日はまたたく間に過ぎた。ルカーロの必死の努力もあって教師たちはルカーロがただ席を温めているだけのぼんくらではない、れっきとした学友であると認めた。

さて、いよいよ別荘から王宮へ戻るという朝の食事の席で、トルマスはルカーロに自分たちの馬車に乗るよう言った。

「このまえはひとりで来たから退屈だったでしょ。今日は僕と母上と同じ馬車に乗りなよ。いいよね、母上?」

「そんな、とんでもないです。僕なんかが一緒になんて」

ルカーロは慌《あわ》てて辞退した。

ここへ来るとき馬車にひどく酔って最悪の体験をしたことは記憶に新しい。けれど、正直にそれを言うわけにはいかない。馬車に酔うなど面子《めんつ》に関わる。

「あら、どうしてルカーロ。あなたが一緒に乗ってくれれば、このやんちゃな子も気が紛《まぎ》れるわ。馬車の中で脚をブラブラさせて侍女の膝を蹴飛《けと》ばすこともなくなるでしょうし」

「あれは、ちょっと間違えて当たっちゃったんだよ。ね、一緒に乗ろうよ」

重ねて王妃からも誘われてルカーロはとうとう断れなくなった。

（でも来たときは緊張してたし、ひとりで退屈だったからあんなに酔ったんだ。今日はトルマス王子とお喋《しゃべ》りするし、きっとだいじょうぶだ。きっと）

朝食の一時間後、ルカーロはトルマスにつづいて馬車に乗り込むと自分にいいきかせた。

それにもし酔ったと感じたら、途中の休憩《きゅうけい》の時に早めに馬車から逃げだせばいい。やっぱり緊張してお腹《なか》が痛くなったとかなんとか言って。

この時のルカーロには、馬車に酔うより、緊張して具合が悪くなる方が断然マシに思えていた。

王族の乗る馬車は来るときルカーロが乗った物とは雲泥《うんでい》の差の乗り心地《ごこち》だった。まずスプリングがよく効いて上下の揺れが軽減されていたし、馬車の内部も広くて圧迫感はなかった。座席の詰め物も柔らかく、さらに小振りのクッションがいくつも持ち込まれていて、背中やお尻に敷いたりと楽な体勢がとれるようになっていた。また背も高く作られているため窓も大きくとられている。このために少々安定感が犠牲《ぎせい》になったが、高スピードをだすことは考えられていないのだろう。なにしろこれは王妃のための馬車なのだ。

乗って走りだして、そのあまりのなめらかさにルカーロは内心で万歳《ばんざい》と喜んだ。これなら酔わずに行けそうだった。

だがそう思ったのは最初の一時間までだった。それを越えるとルカーロはだんだんと口数が減り、馬車のなかで細かく体勢を変え、最後には眠たくなったフリで窓に頭をもたせかけ、休憩で馬車が止まるまでひたすら耐えた。

それに、最初に気付いたのはトルマスだった。寝ちゃったのと顔を覗《のぞ》きこんできて、ルカーロが眉間《みけん》にしわをよせているのに気付くとすぐさま御者《ぎょしゃ》に指示する小窓を開けて叫んだ。

「馬車を止めて、馬車を止めてよ！　ルカーロが具合悪くなっちゃってる！」

トルマスの叫びで王妃も乗り合わせて侍女もそのことに気付き、すぐさま額に手をあてて熱の有無を確かめた。トルマスは焦れったそうに言った。

「違うよ、熱じゃなくて、気持ちが悪くなってるんだよ。馬車に酔っちゃうんだよルカーロは」

その言葉にルカーロは目を見開いた。

「……なんで、知ってるんです、馬車に酔うこと」

馬車が止まり、外へ出て木陰に座って休ませてもらっていたルカーロは、ようすを見に来たトルマスに聞いた。トルマスはちょっと言いよどんでいたが結局素直に白状した。

「あのね、聞いたんだ。ルカーロを連れてきた馬車の御者に」

用意しておいたバスケットの中味が手つかずだったことを偶然聞いて、嫌いな物ばかりだったのかなと思ったトルマスは、自分の考えで御者に会いに行き、来るときのルカーロのようすを尋ねたのだ。なにか好きな食べ物や飲み物について話していなかったかと。

　すると御者は苦笑してつい零《こぼ》したのだ。とてもバスケットの中味に手をつける余裕はなかったと。「どういうこと？」と聞いたトルマスに御者はしまったと顔をしかめた。

『こいつは内緒にしててくれって頼まれてたんですけどねトルマス様』

　御者は頭を掻《か》き掻《か》き話したという。ルカーロが行きの馬車でひどく酔って馬車を何度か止め、最終的に御者台に座ることで落ち着いたのだと。

「だから僕、どうしたら酔わないのか聞いたんだ。そしたら、お母様の揺れない馬車がいいって。あと楽しく過ごしてれば酔いにくいって。でも……ダメだったね。ごめんね」

　トルマスは心配そうにルカーロをのぞきこんで言う。

　ルカーロは笑顔をうかべ、気にするなと告げた。

　本心は全く逆だったが。

　ルカーロの馬車に酔いやすい体質は、その後、何度か夏の別荘と王宮を往復するうちに慣れてなくなってしまった。最後には馬車の中で楽に本も読みこなすようになった。

　イトルの王宮でもルカーロの生活は別荘の時と変わらず続いた。トルマスはルカーロをお気に入りの学友とし、ルカーロもそれによく答えた。また打ち解けてくるうちに、ふたりで一緒にイトルの町へ出かけることもあった。もちろん付き添いが常時ついていたが、トルマスに最初にイトルの町の歩き方とその面白さを教えたのはルカーロだった。

　こうして日々はすぎ、ルカーロは年に一度か二度実家に戻る以外はずっと王宮で過ごした。トルマスのことを愛称の「トール」と呼ぶようになったのはかなり早い段階からで、王妃以外でそう呼ぶのはまだルカーロしかいなかった。

　一年がたち、二年がたち、その夏トルマスは南の海で大きな冒険をして帰ってきた。風龍の子供に会ってきたのだ。無事に帰ったトルマスからルカーロはほぼ毎日その話を聞き、密かに胸を躍らせた。自分もいつかそんな大きな冒険をして風龍《ふうりゅう》と親しくなってみたいと。

　またこの時期、ルカーロは王宮へ来た初日に魔法使いから予告されていた通りの気持ちを抱き始めていた。トルマスと同じ勉強をするだけでは物足りなくなっていたのだ。

　何度か老魔法使いの元へ顔を出し、教師たちが教える学科やダンスや音楽の授業以外にも自分にはまだまだ学びたい事柄があるのだと知った。

　そして――――。

　三年目が近づいた頃、ウミベリの王宮に風龍《ふうりゅう》レイスがやって来た。

　ルカーロは興奮した。なんと言っても龍だ。偉大なる魔法の生き物で、その心は慈《いつく》しみ深くすべての生物を愛し、また愛されるたぐいまれな命であった。

　実際初めてレイスを見たルカーロは思った。

（なんてきれいなんだろう！　まるで一枚の絵みたいだ）と。
風龍が人の姿になってることはトルマスから聞いて知っていた。けれどその美貌《びぼう》については
トルマスの言葉を半信半疑に聞いていた。日の光を束ねたような見事な金髪も、夜明けの素晴
らしい瞬間を閉じこめたかのような紫の瞳も、すらりと伸びた手足や端正な顔立ちや、なによ
りくちびるから紡《つむ》がれる音楽的な声が素晴らしかった。
だからトルマスが風龍と再会を喜び、歓声を上げて懐かしんだあと、ロカールは自分がレイ
スに紹介されるのをそわそわと待った。
いざその時が来ると、ルカーロは精一杯心を込めてレイスに挨拶《あいさつ》した。
「紹介するよレイス、こっちが僕の親戚《しんせき》で友達のルカ。すっごく頭がいいんだ。おまけに魔法
使いの才能があるらしくって、そっちの修行も考えてるんだよ。すごい才能なんだよ！」
トルマスが手放しに褒《ほ》めちぎって紹介をした。ルカーロは言葉にあわせてぺこりと頭を下げ
た。
「お会いできて、光栄です。トールからずっと話を聞いてました。あの、これからよろしくお
願いします」
もっと優雅な挨拶をしたかったのだが、実際相手を目の前にするとうまく言葉が出てこなか
った。

これに対してレイスはというと――。

「え、あぁ。ふーん。……そんでさトール」

それだけだった。

すぐにトルマスにむきなおって楽しそうに話の続きを始めた。

こちらこそよろしくもなし。笑顔もなし。

ルカーロは顔をはたかれた気分になった。自分がまったく取るに足りない、龍からして見ればば視線をとめる価値もないつまらない人間だと言われた気がした。

と、このようにルカーロにとって、レイスの第一印象は最低最悪だった。

三章　おかしな勝負と訪問者

「実はね、ミミ王女。レイスとルカに勝負をするように言ったんだ」

トルマスの言葉を聞いたミミは、指につまんでいた朝食の白パンをぽろっと落とした。

ふたりはいま、朝の光の入る温室で朝食のテーブルを囲んでいた。

今日の早朝デートは変則的で、温室を散策してからそのまま睡蓮《すいれん》の咲く池の横にテーブルを用意し、ピクニックのようなメニューを広げたのだ。

用意したのはもちろん使用人たちで、給仕係もそばにいるが、テーブルから離れた位置に控えているので、ふたりの声は温室内を飛ぶ鳥の鳴き声にまぎれて詳細は聞こえない。それに乗じて、いつもならふたりの会話は甘いささやきに傾くのだが、今朝は事情が違った。

勝負と聞いてまずミミの頭によぎったのは昨日の光景だった。

おもてへ出ろ。

風龍《ふうりゅう》レイスに啖呵《たんか》を切った青年魔法使いルカは、王宮の中庭でレイス相手にこれでもかと派手な水しぶきをあげて魔法を見せていた。あとで聞いたところによるとすべてが水と土に由来する防御系の魔法で、その強度を確かめるべくレイスも手加減した風の魔法でルカを攻撃をしていた。ほとんど模擬《もぎ》戦だ。

手加減をしているのでルカに怪我ひとつ付かなかったが、とばっちりで周囲の芝生《しばふ》が根こそぎはがれたり水浸しになったり草が風に千切《ちぎ》れて飛んだりと散々な有様になった。

その中にトルマスはつっこんでいったのだから大した度胸だ。

またふたりの方も、模擬戦中でもちゃんとトルマスに気付き、主を守る魔法をそれまでとは別に作り上げたのだからあっぱれだ。

「あぶねーぞトール。流石《さすが》水龍のいたミズベ帰りだな。そこら中水浸しになってってけど、身に付けた魔法ってどれだよ。まさかこの程度か？」

「……危険はありませんよトール。守りますから。この程度って、それこそまさかでしょう。馬鹿力の風龍殿には分からないでしょうが、私の使う魔法陣の防御は人間や精霊相手には完璧《かんぺき》なんですよ。それに、ミズベ帰りで水の魔法？　どんな魔法を紡《つむ》いでいるかも分からず、力任せに壊すだけとはね」

ふたりの力がまたぶつかる。トルマスのいる位置にまで衝撃が及ぶ。しかし見えない壁が完壁にトルマスを守った。守って——跳ね返った魔法の力が、中庭の石造りの東屋《あずまや》をひとつ半壊させた。

「あ」

この時レイスもルカも初めてしまったという顔をした。

トルマスは自分の横手で壊れた東屋を見て、片手で額をおおってため息をついた。

「あのねえ、ふたりとも。——いいかげんに、しろ」

レイスとルカはすぐさま模擬戦を取りやめ、相手を指さした。

「でもあっちが最初に言いだしたんだぞ、トール」

「ですが、むこうが挑発をしてきたからです」

「人のせいにするなよ」

「そちらこそ。まあ、こんな事になりましたが、もちろん補修します。それに見てもらった通り、私の身につけた魔法は強固な防御魔法です。対人対物両用ですし、応用も利きます。例えば洪水時の建物ごとの保護や、火事における退路の確保にも有効です」

「何売り込んでんだよ。そんなのオレがいれば楽勝だよ」

「いれば、の話だろう風龍殿。ワズ様から聞いてるぞ。子供時代に悪戯《いたずら》した相手に謝って回っていると。そのせいでずっと留守《るす》がちだとも」

「あー、ちぇっ。ワズが喋《しゃべ》ってたのかよ……」

ルカにはまだ話していないはずだったのに執務室で「お詫《わ》び行脚《あんぎゃ》」と言われ、ふしぎに思っていたのだ。

「師匠《ししょう》はご老体で風龍殿の昔の所業に巻き込まれてあれこれ巡るのは負担がかかる。だから私が呼び戻されたんだ。トールを守るためと、魔法による干渉《かんしょう》の盾となるためたために」

「なにおう、オレだってトールのためにこんな七面倒くさいことしてるんだろ」

「あのねえ、ふたりとも……」

「いまのを聞いたかトール。この風龍殿ははっきり言ったぞ。自分の後始末をしているだけなのに、恩着せがましくもトールのためと」

「なに揚《あ》げ足とってんだよ。問題はそこじゃないだろ。どっちがトールのために頑張ってるかだ」

「まずそこが違う。頑張っているだけでは腹の足しにならないんだよ風龍殿。要は成果だ。どれだけトール……トルマス殿下の益《えき》になっているか。そうだトール、いっそ決めてくれないか、国全体のことではなく、トール自身にとって、私と風龍殿と一体どちらが役に立っているのか。どちらが必要なのか」

「おいおいおいルカ。おまえ人間と風龍を同じ土俵《どひょう》で比べようってのか？　そんな馬鹿な話あるか。無理だろー」

レイスが呆《あき》れた声で言う。トルマスもうなずいた。

「そうだよ。そこはレイスの言う通り――」

「第一、トールはオレを選ぶに決まってんじゃん」

いま馬鹿な無理だと言ったその口で、レイスは自信満々に言った。

「オレがいりゃ十分ってなったら、おまえお払い箱で、またミズベに飛ばされるぞ」

ルカは口許《くちもと》をひくつかせた。

「風龍殿、前々から思っていたが、その根拠のない自信こそが、トールの迷惑だと――」

「ルカーロ、ひざまずいて！　レイスもそこ座る！」

トルマスの檄《げき》が飛んだ。

ルカはさっとひざまずいた。それを見てレイスも慌《あわ》てて腰をおろす。と、立て続けにピシピシと音がした。トルマスがルカとレイスふたりのおでこを順々に叩いたのだ。

「いてっ、なにするんだよトール」

「なにするじゃないよレイス！　ルカ！　帰ってそうそうこんな酷《ひど》いケンカして。もう子供じゃないんだよ」

「けどよ、コイツが……」

「先に無礼な口を利《き》いたのは向こうです。ほんとうにガサツな」

「うっせ。いてっ」

　再度トルマスがふたりのおでこを叩く。ルカは痛いと言わなかったものの、流石《さすが》に二回目は赤くなったおでこに手をあてる。

　トルマスはふたりの顔を交互に眺め、最後に天を仰《あお》いでため息をついた。それが戻ったときには厳しい顔になっていた。

「僕はふたりにケンカして欲しくない。でも、こうなったらしかたない。いいよ、選ぶよ。ふたりのどちらが僕に必要なのか選ぶ。必要じゃない方はお払い箱にするよ」

「えっ」

「ふたりで競って勝負するといいよ。ただし魔法でじゃない。知識でだ。課題はどちらがより僕を理解しているか。一週間後に質問するからその答えを聞いて選ぶよ」

「……マジか、トール」

　トルマスがじろりとふたりを見下ろす。いつもと違う位置からの視線のせいか、トルマスの視線はかつて見たことがないほど冷たく見えた。

「君らが言いだしたんだよ。一週間後までふたりは猛勉強するように。あと、もしそれまでに今回みたいなケンカしたら、その場で失格だからね。わかった？」

「あ——うん。わかったよトール」

「承知しました、殿下」

　トルマスの声音でこれが冗談ではないのを理解し、レイスとルカはうなずいた。

「と、こういう次第でね、一週間後に勝負なんだ。だからもしふたりがミミ王女に取りなしてくれって言ってきても、聞かないようにね」

　トルマスはその場にいなかったミミに昨日の出来事を伝えた。

　ミミは話を聞き終えるとさっき取り落としたパンを摘《つま》み、小さく千切《ちぎ》っていった。が、指を止めてきゅっとくちびるを引き結ぶと、しっかりとトルマスを見つめて言った。

「トルマス様。わたしはトルマス様の決めたことに、うるさく口出ししたくありません。ですが今回ばかりは言わせて下さい。わたしは反対です。そんな勝負は馬鹿げています」

　トルマスはすました顔で冷えたジャガイモのスープを飲んでいた。早朝だったが温室の中は初夏の暑さで、冷たいスープは身体《からだ》に心地《ここち》よかったのだ。それにミミの言葉を最後まで聞きたかった。

「本気でどちらかをお選びになるのですか？　選ばれなかった方はどうなるのですか。ふたりとも心からトルマス様のことを慕《した》っていらっしゃいますのに。第一おふたりはトルマス様にとって大事なお友だちのはずです。それなのにこんな……。どうかお考えなおして下さい。きっとトルマス様もあとで悲しい気持ちになってしまわれます」

ミミはせつせつと訴えた。仲の悪いレイスとルカのことも心配だったが、やはりトルマスの気持ちが大事だと思った。ひとりを取ってひとりをお払い箱にするなど、だれにとってもいい結果にならない。

「ミミ。ありがとう。僕は本当に果報者《かほうもの》だと思うよ。これからもおかしいなと思ったことは、いつも教えて欲しい」

「トルマス様、それでは今度のことはお考えなおしに？」

「ただねえ……。今回ばっかりはダメなんだ。考えなおさないよ、僕は」

ミミは顔色を変えた。

対するトルマスは椅子にゆったりとすわり、ミミを見つめていたが、ふと温室の木から木へ飛んでいく小鳥に視線を動かし、またミミに戻った。その目の中に一瞬悪戯《いたずら》めいた光がきらめき、ミミは息をのんだ。小首を傾《かし》げて考えこみ、だんだんとトルマスの言わんとすることがわかってきてにっこり微笑《ほほえ》んだ。たぶん、この場では本心を言いたくないのだ。この場どころか出来ればだれにもいいたくないのだろう。でも自分にはヒントをくれた。そのことが嬉しくて、胸の奥がどんどん温かくなってきた。

「はい。トルマス様の願いが叶うように、わたしもお祈りします」

「うん。ありがとう」

お互いに静かに信頼を確認しあい、トルマスとミミは再び朝食を取りだした。


同じ朝、昼までまだ余裕のある時間。

魔法使いルカは王宮から別棟に続く渡り廊下《ろうか》を、師匠《ししょう》のワズと共に歩いていた。

いましがたふたりで国王並びに王妃との謁見《えつけん》を済ませたばかりなのだ。

帰国の報告はすでにしており、今回はワズの推薦《すいせん》でルカを二級魔法使いから一級魔法使いへ昇格させる報告のためだ。

本来ならあと二名の推薦者が必要なのだが、ワズが国の主席魔法使いということもあり、かれひとりの推薦で足りた。

あとは他の一級魔法使いたちで会議を開き、一週間以内に当人からの取り下げあるいは正当な理由からの異議が申し立てられなければ、ルカは晴れてウミベリ王宮付きの一級魔法使いとなることができる。

それ自体は喜ぶべきことなのだが……。

ルカは師匠のワズに盛大に文句をぶちまけていた。

「ともかくもう、やっていられませんよワズ様。かれは成長という知的生命の恩恵をどこに落としてきたんですか。四年前から全く変わってない！」

「そうかね。あれでも……背丈はずいぶん変わったぞ」

「そう、そこも問題です。まったく外見ばかりトールに合わせて。見栄《みえ》を張るにも程がある」

長身の若いルカに年老いて腰に痛みを抱えるワズ。当然歩く速度は違っていて、今日一緒に歩いて初めてそのことに気付いたルカはすぐさま師匠に合わせた。そういう気遣いはする男なのだ。ただ文句をいうのに合わせて器用に足元を蹴《け》ったり踏みならしたりしていた。その騒々しさはおおよそ魔法使いらしくない。

「それに、風龍殿のことになると、陛下も王妃様もやたら甘い。あんなに勝手気ままをしているというのに。自国の守龍になるやもしれないというのに、規律を諭《さと》そうともしない。ほんとうに……まるで風龍殿のことをトールの従兄弟《いとこ》くらいに思っていそうです！」

「ふーむ。何分幼い頃にトルマス様の所にきたからのう、案外両陛下ともおまえの言った通りの認識かもしれんぞ」

ルカはぱっくりと口を開けた。

「冗談じゃありません‼　血が繋《つな》がってるのは私ですよ！」

つばを飛ばす勢いで言うルカ。

ワズはやれやれと遠くを見つめた。この弟子の能力を早いうちに見抜き、手元において修行させた。それゆえ実力も高く買っているが、トルマスに関するいくつかの点だけでは、つける薬のない馬鹿だと思っている。この辺りは公平でえこひいきをしない主義なのだ。

(初《しょ》っぱなは真逆のはずだったのだがなあ。こちらは変われば変わるものじゃ)

「見栄を張ると言ったら、おまえもそれなりだろう。なんじゃその杖《つえ》の持ち方は」

ワズは自分の杖の先で弟子の杖をつんつんとつついた。ルカの杖はワズのように手に持っているのではなく、今は魔法で長さをぎゅっと短くして腰に剣のように差していた。

「ああ。このやり方がいま流行《はや》ってるんですよミズベで。両手が空いて便利ですから。戻しますか？」

「好きにせい」

杖を引き抜くルカにワズはフンと鼻を鳴らした。

「それと嘘をつくな。ミズベでそんな杖の持ち方が流行っとったらすぐわしの耳に入るわい」

「…………どうしてワズ師匠には私の嘘がすぐバレるんでしょうかね」

「昔誓《ちか》ったからだ。わしには嘘はつかないと。どうしても話せなかったら沈黙をすると。そのせいでおまえは気付いておらんがな、嘘をつくと鼻が伸びる」

「えっ、そんなっ。……わけないでしょう」

自分の鼻に手をのばし、ルカは師匠にからかわれていることに気付いた。

「ともかくですね、あの風龍殿のせいで、久々にウミベリに帰ってきたというのにトールに怒られるわ変な試験を申しつけられるわで散々ですよ。よりトールを理解している方ってどんな試験ですか。不在にしていた分、こっちが不利なの分かってるのに。…………ワズ様、出題傾向はわかりませんか。なにか相談されてませんか」

「知らん。わしに頼るな。自分の力で合格せんと意味なかろう」

「そんな冷たい。万が一失格したらどうするんです。師匠のかわいい弟子ですよ？」

「王宮勤めでない弟子など、わしにはたんとおるわ。そんな心配をするぐらいならな、さっさと——なんじゃあれは」

ワズが目を細めて廊下の先を見た。空気が陽炎《かげろう》のように揺らめいていたかと思うと、ボッと空気を鳴らしてオレンジ色の炎が燃え上がり、声が聞こえてきた。

「そこな魔法使いらに尋ねる。風龍はいずこかや。訪問の取り次ぎを頼む」

炎の中から出てきたのは、オレンジ色の薄布をまとった見事な赤毛を持った——精霊だった。

「は？　風龍って、この王宮にいる守龍見習いというか、居候《いそうろう》の風龍か？」

「いかにも」

「それの取り次ぎを、私たちがかあっ⁉」

「他におらぬだろう。それとも風龍に取り次ぎもおかぬのか、この国は。勝手に面会が許されるのか。まさかなんと！　そこまで常識外れの国であったか！」

精霊はおおげさによろけた。うしろの柱にぶつかり、ジュッと焦げ跡を残した。

「いや待たれよ。これはなんと古式ゆかしく礼儀作法《れいぎさほう》に長《た》けたお方か。申し遅れました、私めはこの国の主席魔法使いを務めるワズと申す者。風龍殿に連絡しますゆえしばしの猶予《ゆうよ》を。ルカ、おまえその間にこの御仁《ごじん》の相手をしろ。……用件を聞きだせ」

後半をひそひそと弟子に耳打ちし、ワズは空中に風の魔法陣を描いた。そんな大げさなことをせずともレイスには連絡を付けられるので、ただの時間稼《かせ》ぎだ。

ルカは師匠の言葉には逆らえないなと唇をとがらせ、精霊に声をかけた。

「あーこの度はお会いできて光栄です。高位の炎の精霊とお見受けします。えー、それで、その。……会いに来た用件をうかがっても？」

単刀直入《たんとうちょくにゅう》にルカは聞いた。回りくどく話すのが面倒になったのだ。

これがもし自分やトルマス目当てにきた精霊であればもっと用心深く接した。

だが目当てはレイスだ。仮にも風龍に会いに来たと宣言した精霊が人間相手にみみっちい悪戯《いたずら》や悪さをするわけがない。最悪、風龍自体にケンカを売りにきた場合があるのかもしれないが――まあ、くさっても龍だ。別段危険はないだろうと思った。というよりも、もっと積極的に、レイスの安全など知ったことかと思っていた。

それが透けたのかワズがものすごい顔で睨《にら》んできた。だが精霊の方は気に留めなかった。

「いかにも光栄に思うがよい。いかにも高位である。いかにも……理由は極個人的なことゆえ人間には話せぬ」

精霊が答え終わった頃、空中に魔法陣を描いてレイスと連絡を取ったワズは、そのままレイスの居場所を教えた。レイスも首を傾《かし》げながら、会うにはかまわないと言ってよこしたためだ。

精霊はワズに一礼すると一度燃える炎に姿を変え、ぱっと消えた。だが見ていると空気が揺らぎながら遠ざかって行くので、それが足跡のようなものだった。

「一体なんなんでしょうね」

「さあて」

ワズとルカは顔を見合わせ仲良く肩をすくめた。すると今度は足元で声がした。

「おーい、きみたち。私もたのむよ。お取り次ぎ願えんかね」

ぎょっとして足元を見れば手の平ほどの大きさの人間が床から足を引き抜くようにして姿を現したところだった。地霊のドワーフ族だ。それもかなりの小型の種族だ。

「取り次ぎって。まさかまた風龍へ？」

「いかにもそうとも。他にだれに用事があると思うかね。それに私だけではないぞ、一度の方がいいだろうと、親族こぞってやって来た。待合所はどこかね。いまは適当に庭におるが踏まれそうでおちおち昼寝もできん」

「はあ？　いや、いや。何の話をなさっているか——」

ルカは両手を身体《からだ》の前でふりながら後じさった。すぐにワズの杖の先が背中を押しかえしてきた。

「なにを逃げ腰になっとるか。話を聞け、なんの用事か聞け。一体なにがおきとる」

ルカは師匠には逆らえず、仕方なしに廊下《ろうか》にひざまずき、ドワーフ族と話した。

風龍の居場所を聞くと、件《くだん》のドワーフは陽気に手を振って渡り廊下の先の、外と繋《つな》がる場所から出ていった。そのうしろを一陣の土煙が追いかけた。あれが一族なのだろう。

それを見送ったルカとワズは、くるりと回れ右した。ドワーフに話を聞き目的地はワズの仕事場から中庭へ変わったのだ。そして着いた先の光景を見て叫んだ。

「はああ？　なんだこれは——っ！」

中庭にはたくさんの気配が渦巻《うずま》いていた。それを遠巻きにしている王宮の使用人が数名、ルカとワズの姿を認めて走りよってくる。

「ワズ様、どうもようすが変で。庭仕事をしていたらこう、背中がぞくぞくーっと」

「私たちは昼の食卓に飾る花を取ってくるように言われてこちらへ来たら……」

「だれかがお尻をつつくんですよう。それに帽子も勝手に落ちて。なんかいますよねえ」

若いメイドたちが真っ赤な顔に泣きべそをかいて訴える。かぶっていた帽子は植え込みの上に落ちている。

それがいまひとりでにスッと動き、使用人たちは幽霊だと悲鳴をあげた。メイドたちはワズの背中に隠れ、出遅れた庭師はもうワズのうしろに残りがないので、仕方なくルカの背中に隠れた。ルカはちょっぴり傷ついた。

ワズは背中のメイドたちにだいじょうぶだと声をかけ、中庭へ歩き出す。ルカも当然続くが、その前に使用人たちに声をかけてやった。

「幽霊じゃないよ、あそこに精霊たちがいるんだ。だいぶイタズラ好きのね」

帽子を持ってきてあげるよと点数を稼ぎ、ルカは師匠に追い付いた。

中庭はルカの言う通りだった。

精霊たちが集まっていた。それもうじゃうじゃと。全員姿を隠しているが、ルカやワズのレベルの魔法使いならば、ちょっと目を眇《すが》めるだけでそこに精霊の群があると分かった。それだけ強く力が集まっているのだ。

ワズが近づきながらブツブツと魔法を唱えた。唐突にルカの目に精霊たちの姿がくっきりと見えるようになる。精霊は三十は下らなかった。人の姿をしたのものや、動物の姿をとっているものとさまざまだが、同じ種族ずつ固まって、中庭でそれぞれ好き放題にくつろいでいた。

　――待合所はどこかね。いまは適当に庭におるが踏まれそうで……。

　先程のドワーフの言葉の謎はコレだったのかとわかる。わかったところでなぜ集まっているかはわからない。……いやルカはなんとなくかれらがだれに会いに来たのかわかる気がした。

「おのおの方！」

　ワズがよく通る声で中庭に向けて話す。精霊たちが一斉にこちらを見た。

「申し訳ないが、王宮の善良な人間たちが幽霊が出ると怯えておる。支障のない者はぜひ姿を現して欲しい」

　その声に応えた者がいたのだろう。背後の使用人たちがわーっと声を上げた。

「ふむ。まずは第一段階じゃな。では次は、ルカ、ここで何をしているか聞いてこい」

「わざわざ聞かなくとも、ワズ様もだいたい察してるんじゃないですか？」

「それでも念のためだ」

「私ひとりで全員？」

　ワズは唸《うな》った。

「……わかった、手分けしよう。かわいい弟子のためだ。おまえは右から。わしは左からだ」

　唸るようにワズは言い、ルカとふたりで精霊たちの中に突入していった。

我先に話しかけようとする精霊たちを一部押さえたり整列させたりしてどうにか聞き出した話をまとめると、かれらの目的は全員同じだった。予想通りレイスに会いにここへ来たのだった。

しかも廊下《ろうか》で会った精霊たちは慎ましく目的を伏せていたが、こちらに集まった精霊の何人かはもったいぶりながらも理由を話してくれた。

「まあ、なんというか。私らは親切で来ているんだよ。風龍の小僧っこの手間を省くというか……。いやねえ、そちらの風龍がいちいち大陸中をかけずり回って何度も頭を下げるのも、体に悪いのではないか？　面子《めんつ》というか、人間も気にするのだろう？」

だから、他の精霊たちの好奇の目にさらされないよう、わざわざ風龍レイスの居場所まで出向いて来てやった。ついては礼を尽くしたもてなしを要求する。

そう、齢《よわい》二百年になるという本性が水馬の精霊は言った。

さて、その頃の風龍レイスはというと。

オレンジ色の衣を身にまとった炎の精霊と必死の面持ちで話していた。

最初にルカとワズが出会った精霊だ。

会談は王宮の温室の近くにあるレイスお気に入りの昼寝場所から、温室の中へと変わっている。人目その他面倒を避けるという理由で。

「えーと、あれだ十七年前の海籌国の夏」

レイスは精霊の真向かいに座って、真剣な顔で言った。精霊はかすかに笑った。

「ほ、残念であるが別の精霊の話であるな。まさか忘れたと申すかや風龍殿。我にどれほどの悪趣味な悪戯《いたずら》をいたしたか。子供とはいえあの所業は……。しかし思い出さぬのであらば詮《せん》ない。出直すか」

行儀《ぎょうぎ》良く座っていた精霊が、立ち上がる気配を見せる。レイスは慌《あわ》てて止めた。

「あー、待て待て。ちゃんと思い出すから。えーとあんた程の力のある炎の精霊だろ。あとはたしかオリベ国で……」

炎の精霊の身体がかすかに前のめりになる。当たりを引いたとレイスも声が明るくなった。

「オリベ国の、コーサとの国境沿い、十五年前！」

「ハズレであるぞ風龍殿」

「だあああ――っ」

精霊は身体を元に戻し、レイスは髪をかきむしった。

のんびりと昼寝していたところを邪魔され、昔の悪戯相手とだけ聞かされ、謝罪をされにきてやったと、なかなか高圧的な態度に出られたわりには、レイスは頑張っていた。いきなり来たことに怒りもせず、素直に相手のペースにあわせて場所を変え、自分の時間を提供した。

だが、謝られに来たと言う割には相手はどこのだれで、どんなことをされたのかは言わなかった。それを思い出すのはレイスの役目だと言った。

ちなみに龍は人間のような物忘れをしない。すべて覚えているが……混同したり混乱したりはする。子供の頃には特にする。

だから今までの謝罪の旅も、記憶の中で深く覚えていて確実なもの、大概《たいがい》は大きな悪戯の場合だが、それらから悪戯した相手を探し出し、謝りに行っていたのだ。

「風龍殿や、そちらの御仁《ごじん》への悪戯が思い出せないなら先に私どもへの謝罪でもかまいませんがね」

レイスの周りでぴょこぴょこと動き回っていた小さな影が言った。

ルカたちが二番目に会ったドワーフだった。実はかれの一族百名程が二重三重になってレイスと炎の精霊を取り囲んでいた。中にはレイスと精霊のやり取りを真似《まね》る子供たちもいて、「十年まえのみかがり！」「はずれじゃー」「二十年まえのがりがり！」「はずれじゃー」などと子供のオリジナル要素を足して、たがいに叩きあいっこをしている。

「地の者、我はかまうのじゃ。順を守らぬか」

帰りかけたことは棚《たな》に上げて炎の精霊が言った。

「がりがりなんて国はねーし。近くで遊ぶな気が散る。髪ひっぱんな。余計時間かかるぞ」

レイスは自分の側にいるドワーフたちを腕で無造作《むぞうさ》に、だが決して怪我《けが》しないよう優しく押しのけた。

「その言い訳。もしや、私ら一族への所業も忘れたわけではないでしょうな！　こちらの炎の精霊にいたしたよりも遙《はる》かに、遙かーにタチの悪い酷《ひど》い悪戯でしたぞ」

「え、や……覚えてる。けど、そんな悪くなかった気がするぞ」

「風龍殿！　今は我への謝罪中であろう。わざわざこちらから出向いたというのにその態度はなんたるや！　やはり反省が足りておらぬ」

精霊が目の前の床をパンと手で叩く。と、手の形に炎が燃え上がる。

「うわっ、消せよ。火事になるだろ、あっぶねえなあ！」

レイスはとっさに風を操り炎を囲み、その中を真空にして火を消した。

と、それで閃《ひらめ》いたものがあった。

「あーっ！　思い出したあっ、オリベ国の十八年前。冬の山焼きだ！」

炎の精霊がおおと瞳を輝かせた。

十八年前。レイスが絶賛悪戯期だったころ。

オリベ国のとある地域の山焼きの儀式が面白くて、それに介入したことがある。そこでは炎の精霊の加護を受け、火が人と共に踊り、火は訓練された犬のように精密な図形を描きながら山を焼く。それを山の下から眺めて長い冬が少しでも優しいようにと人々は願う。炎が一度も消えることなく図形が燃え上がると、その年の冬越しは楽になり、来年の収穫《しゅうかく》は豊穣《ほうじょう》が約束されるという言い伝えもある。

ここまで言えば想像がつくだろう。レイスはその儀式をぶち壊した。何度も何度も炎を消した。今と同じやり方で風で火を囲い、その中の酸素をなくしたのだ。山の火を長年守ってきた炎の精霊は犯人を見つけて抗議した。すると子供のレイスは答えた。

「なんでこんなことって、だっておもしれーから。ホラまた火を着け直すんで、あの変な踊り始めたぞう。ほんっとおもしれーあの馬鹿みたいな踊り。片足でピョンピョンてさ！」

レイスは腹を抱えて笑った。

炎の精霊がさらに抗議し道理を諭《さと》すと、

「あー？　人間の迷惑だ？　知らないよそんなの。いいじゃん、だれも怪我したり死ぬわけじゃねーんだし」

レイスは精霊の前で人間の踊りを真似て片足でピョンピョンと跳んで見せた。

炎の精霊は怒りで肩を震わせながら、レイスになにを言っても無駄と悟り、人間の手助けをするべく年老いた巫女《みこ》役の人間の元へ向かった。

すべて思い出したレイスは過去の自分の悪戯に顔半分を手でおおった。

「あーオレほんっと……。悪かった。すまなかった。あんたも、あの時関わった人間たちも。次の年も山焼き邪魔しにいったんだよな、オレ。迷惑をかけた。この通り謝るよ」

レイスは大変潔《いさぎよ》く炎の精霊に頭を下げた。炎の精霊は目を細めた。

「ここな国の守護龍となる覚悟と伝え聞いておるぞ。風龍殿も息災《そくさい》を祈る人間を持ったということじゃな？」

「ああ、そうだ。あそこの人間たちを、大事に思ってたんだよな、あんたも」

「人間を、ではのうて、儀式をじゃ。遠い遠い昔、人の子の魔法使いと言い交わしたのじゃ。我の炎が続く限り、儀式を手伝うと。亡状なる火にて人を焼かず、山に幸のみをもたらす火にするとな」

炎の精霊は遙《はる》か遠い昔を思い出したのか、やわらかく目元を和《なご》ませた。

そのまなざしにレイスの胸の奥がキリリと痛んだ。

きっとその魔法使いは何十年も、下手をしたら何百年も前に死んだのだろう。それでも精霊は約束を守っているのだ。守ることで約束した相手を自分の心の中で生かし続けているのだ。

その思いはレイスにもよくわかる。まだ実際起きてはいないが、よく、わかる。

「大事な約束だったんだな。すまなかった……」

今度こそ心の底からその言葉が出た。

「オレへの怒りは相当のものだったと思う。ごめんな。どうか許して欲しい。オレがこの国の守龍となるためには、皆の許しが必要なんだ」

レイスをじっと見つめて炎の精霊は一言言った。

「許す」と。

もとよりそのつもりだったと精霊は言った。あの悪戯だった風龍の子供が守龍になると噂《うわさ》に聞き、いまならば自分の気持ちも理解できるだろうかと来たのだった。理解ができたなら過去の所業に許しを与えようと決めて。

炎の精霊が帰るのをレイスは立ち上がって見送った。去る間際にレイスは声をかけた。

「今度の山焼きの時、うちの王子とその婚約者を連れて見に行っていいか」

精霊は目を細め、はっきりと微笑《ほほえ》んで待っていると答えた。

しばし余韻《よいん》にひたったレイスは気を取り直すと身体《からだ》を屈めて小さい者たちに向きなおった。

「さて、待たせたな。あー、まずはここまで来てくれてありがとな。でよう、オレがやったことなんだけど、確か――――」

四章　水の魔法

「トール、疲れたー。もうダメ。動けねー。寝るか飯くわねーともたねー」

レイスはトルマスの執務室にやってくるなり、ソファのクッションを抱えて倒れ込んだ。長身なため、頭半分と膝下が飛び出している。

時刻は夕闇も終わり、夜の闇に包まれたころだった。

書類に目を通していたトルマスは入って来るなりソファを占領した風龍《ふうりゅう》にもさして驚かず、机から立つと白鳥を思わせる優美なラインの水差しからやはりうつくしい模様の入ったグラスに水をつぎ、ソファでへばっている相手に差し出した。

「お疲れ。だいたいのとこはワズから聞いたよ。精霊たちがきてレイスに謝罪を要求したんだってね。二十組だっけ」

トルマスは昼間からずっとここにこもり溜まっている書類を片付けていたのだが、ワズからの報告を受けて中庭を眺めにいき、山と集まった精霊たちにさすがに驚いた。

「んー、そう。わざわざ向こうから出向いて来て、そのうちの十五組を終わらせた。はあ……精神的に疲れるってこういうのなんだな」

レイスは身体《からだ》を起こすとトルマスからコップを受けとり、うつくしい模様に少しばかり心をなぐさめられ、ごくごくと水を飲みほした。

「残りの五組は明日にしてもらったって?」

「ああ。別に昼とか夜とか俺たち関係ねーけど、一休みさせてくれって言ったら、かまわない、そのあいだ港見物でもしてくるってさ。で、一応騒ぎ起こすなって言っといた」

「それ、レイスが言ったの?　騒ぎを起こすなって?」

「……あいつらにも同じこと言われた」

レイスはうーと唸《うな》ってトルマスにコップを返した。昔悪戯《いたずら》で騒動を起こした身としては唸るしかない言葉だ。

と、ここでまたもいきおいよく扉が開けられた。

「やっぱり、ここにいたかっ‼」

ルカだった。かれはずかずかと部屋に入ってくるとソファに座るレイスの前に立った。

「これはどういうことですかね風龍殿。公平な勝負において、このような行為は抜け駆けとみなされかねませんが⁉　トールも、困るよ。かれにこんな甘くしちゃ。私が知らなくて、ふたりだけが知っている情報は、出題されても無効を訴えさせてもらうよ」

　責める口調のルカに、一拍置いてトルマスは気がついた。

「あ、そうか。ふたりに言った勝負。どちらがより僕を理解しているかの」

「そうそれ。いまから六日後の行うはずの。……忘れてた？」

「忘れてはないよ。つい昨日だよ。ただ、それじゃあ、公平をきたすためには、勝負の日まで
ふたりとは話さない方がいいのかな。寂しいけど」

「違う、そうは言ってないよトール」

　ルカは慌てて言った。レイスもそれはないだろと口を挟む。

「ただどちらかひとりだけっていうのは避けて欲しいんだ。第三者を交えるか、あるいはこの
三人で話すとか……この三人で……」

　ルカは嫌そうにソファのレイスを見た。あからさまな視線にレイスも鼻を鳴らす。

「馬鹿馬鹿しいけど、いくらかは理のある言い分だな。ルカの言う通りでいいぜオレは」

　トルマスはふたりの視線を受け、わかったと頷《うなず》いた。

「ふたりがそうしたいなら僕もそれに従う。勝負の日まで、どちらか一方と単独で会うことは
しない。誓《ちか》う」

「ありがとうトール。ただ仕事で一緒になる場合のふたりきりは、不可抗力《ふかこうりょく》として誓いの対象

から省《はぶ》いてもらうけど」

「あっ。こら、ルカ！　おまえほんと油断も隙も無いな。ちゃっかり自分だけ抜け道作ろうとしやがって！」

「なにを言うかと思えば。こっちは自分のいない四年間、風龍殿がずっとトールと一緒にいた有利さを棒引きにしてさしあげてますがね。これからその間のこと調べなくちゃいけないっていうのに。私の広い心に感謝して欲しいですよ」

「ああん？　それを言ったらこっちだってトールの小さい頃は知らないし、第一今日なんか精霊たちの相手でクタクタなんだぞ。勝負の準備してる暇ねぇよ」

「……君たち、それケンカ？」

トルマスが一言言う。レイスもルカもピタリと口を閉ざした。トルマスから、『ケンカしたらその場で失格』と言われていたのだ。

互いに目を合わせ、態《わざ》とらしい笑顔を作る。

「ケンカじゃないぞトール」

「そう。ただの事実確認。お互いブランクがあって、風龍殿は今日は準備の暇がない」

「そんでルカはいなかった間のことを調べるのが大変、と」

「ふたりとも大変なら、勝負の日を伸ばそうか？」

ふたりを伺《うかが》いトルマスが言う。

「いやいい。決着は早く着けたいしな。どっちがお払い箱になるか、たのしみだなルカ」

レイスはソファから立ち上がると、ルカの肩をバシバシと叩いて言った
「それについては同意見ですよ風龍殿」

ルカも負けじとの自分に伸ばされたレイスの腕を強く叩いた。

ふたりともトルマスが微妙な表情で見ているのには気付かなかった。

「ところでさ、ルカ」トルマスがふと思いついて聞いた。「今日来た精霊たちって、どうして今日一斉に来たのか、理由は言ってた？」

「へ、それは謝罪を受けに……。じゃなくて、なぜ今日一斉にって方のか。……トール、前にもこんな風に謝罪を求めに精霊が訪ねてきたことはあったかな？」

トルマスとレイスは顔を見合わせた。

「いや、ねぇよなトール」

「ないよねえ。今まで一度も」

三人は首を傾《かし》げて同時に言った。「一体なんでだろう」と。

実はこれはルカの尋ね方がまずかった。

謝罪を求めてではなく、ウミベリの王宮へ乗りこんできた精霊ならいたのだ。それもつい最

近に。

この夜中。ウミベリの王宮からほど近くを流れる川から、一頭の馬が水を分けるようにして現れた。たてがみを振って水気を飛ばし、川のほとりに建つ水車小屋へ向かう。

普通の馬ではない。額に一角を持ち、薄明《はくめい》の空のような体軀《たいく》に群青《ぐんじょう》色の豊かなたてがみを有した水の精霊だ。一角水馬とよばれるかれは精霊の中でも古く強い力を持つ種族だ。

その水馬がたてがみを大きく振ると、身体の輪郭《りんかく》がぼやけて小さくなり、かわりに男が現れた。長い黒髪をもつ美丈夫《びじょうふ》の名はアーウィン。実はかれもレイスの悪戯の被害者だった。しかしレイスが再三足を運んで過去を詫《わ》びたため、紆余曲折《うよきょくせつ》の末に和解した。その後は、レイスが守龍になるまで見物したいと、ウミベリ王宮に近いここに移り住んだのだ。

「………さて、真夜中か……人の子は眠っているな」

アーウィンは夜空を眺めてつぶやいた。昼に登った上弦の月は、西の空の低い位置にぽっかりと浮かんでいる。

かれは旧友を訪ねに国外へ出ていて、たったいま帰ったところだった。友人は昔の住まいから近い所に存在する大地の精霊で、楽しい訪問だったが、アーウィンは帰り間際にとんでもないことを聞いてしまった。

とても素知らぬ顔はできなかった。

「訪問するなら明日か……明日だな。問題を先延ばしにするわけではなく……明日だろうな。昼間ではなく、朝一番に……」

アーウィンは自分に言い聞かせるように何度もつぶやいた。

＊　＊

「寝坊した！」

翌朝、王宮内に与えられた一室で、ルカはベッドから起きるなり叫んだ。

昨夜部屋に戻ってから本来するはずだった仕事を一部片付け、同時にレイスとの勝負に備えて傾向と対策を練ったりと真夜中を大分過ぎても起きていたせいだ。

大急ぎで支度《したく》して師匠《ししょう》ワズの仕事場へ行かねばならない。が、そこで、なんの虫の知らせか、ルカは窓を開けて身を乗り出し、角度はキツイが無理に中庭をのぞいた。——ぎょっとした。

中庭に昨日に勝るとも劣らない数の精霊たちが集っていたのだ。

ルカは身体を戻し、窓を閉めて、くるっと背中まで向けた。

「なんだあれは。幻か。謝罪の間に合わなかった五組だけが残ってるんじゃないのか？　まさか全員居残ったのか？　それとも…………それとも、新しく、来てる、のか？」

その可能性に気付き、ルカは大慌《おおあわ》てで身支度《みじたく》を調《ととの》えて、ついでに駆け足で厨房《ちゅうぼう》によって朝食も調達した。備えあれば憂《うれ》い無しだ。まだほんのり温かなパンにスモークした鮭《さけ》の切り身と野菜を挟んでもらって、それをかじりながら厨房から出て行き——あり得ないものを見てそのまましろむきに戻った。

厨房の奥にミミ王女がいた。

柔らかな金髪をうしろできっちりと束ね、簡素なドレスに白いエプロンドレスを重ねていた。そのうえ隣の料理人に指導を受けながら調理器具を持ってなにかしていた。

好奇心に負けてルカが見ていると、視線を感じたのかミミはまわりを見回し入口のルカを見つけた。びっくりした顔がすぐ困った顔になり、唇に人差し指が当てられた。どこの社会でも通じる、『秘密にしてね』の合図だ。ルカは頷き、すぐに厨房を出て当初の目的通りワズの仕事場へむかった。手にしたパンを囓《かじ》りながら。

行儀の悪い行為だったが、当人は急ぎのためやむを得ないと思っていた。

だが厨房で仕事していた女たちは別の感想を持った。トルマス王子の友人（レイスのことだ）と言い争ったり、魔法で東屋《あずまや》を壊したりと、恐い人かと思ったら、寝癖《ねぐせ》のついた巻き毛でパンをもらいに来てそのままかじって行っちゃうなんて——なんだかかわいくない？　だった。

ただ惜しいことに彼女らのささやきがルカの耳に入るのは当分先だった。

「ワズ様……ワズ師匠ー！」

仕事場の手前からせっかちに呼び掛けながらルカはドアを開ける。

すると、まさにこれから出ようとしていたワズとかち合った。

「おお、ルカか、いま呼びに行こうと思っておった」

「遅刻してすみません。寝坊しました。で、大変です。中庭に来て下さい」

「見なくともわかっとる。また新たに精霊が増えたのだろう？」

杖を手に出てくるワズ。その背後に知らない人物がいることにルカは初めて気付いた。長い黒髪をうしろで一本にくくった男だった。男の持つ雰囲気《ふんいき》でルカは相手が人間でないことを見破った。

「だれです？　風龍殿の例の関係ですか？」

ワズに尋ねると男が直接答えた。

「アーウィンだ。察しがいい。風龍の小僧の元被害者だ。いまは和解しているがね。今日は君たちに知らせにきた。なぜ中庭に精霊たちが集まりだしたかを」

ルカは目を丸くした。仮にも風龍を小僧呼ばわりしたことと、昨日から続く謎が解明される期待に。

「なるほどな、ベラテニアねー」

「ああ、ベラテニア。彼女だ。彼女の親切だ。嫌がらせでなく」

温室近くのお気に入りの昼寝用の樹の下で、レイスはアーウィンの説明を聞き、ため息をつくしかなかった。

やっと精霊たちの押しかける理由が分かった。

大地の精霊であるベラテニアはウミベリの北の隣国オリベ国で、山ひとつ分を統《す》べる非常に強力な精霊だ。その彼女がやっかいな事件を起こしたことは記憶に新しい。

レイスやトルマスに多大な迷惑をかけたと反省した彼女は、罪滅ぼしをしたいと強く思い、考えた末に今回のことを思いついた。

すなわち風龍レイスの手間を軽減させる計画を。

レイスが子供のころに悪戯《いたずら》して困らせた相手は驚く程方々に散らばっている。そのため謝罪に大陸中を飛び回っている始末だ。そこまでの事情を聞いていた彼女は思いついたのだ。

だったら被害者の精霊の方をレイスの元へ集めたら早いと。

これはとてもいいアイディアに思われた。彼女に仕える周りの精霊たちも大賛成した。

そこでベラテニアは善は急げとばかりに空を行く風の精霊に言《こと》づて、流れを行く水の精霊に言づて、ほかに自分の伝手《つて》も頼り、ともかく昔レイスに悪戯をされた精霊たち全員へ伝えようとした。レイスに昔を謝罪する意思があることを。そしてお願いをした。どうか訪ねてあげて欲しいと。

たとえレイスにもトルマスにもなんの相談もしておらずとも、すべて、まったくの善意からだった。

「彼女に悪気はない。手助けをしたかったのだ」

アーウィンは旧友の弁解のため繰り返し言った。また、自分が滞在中にきちんと伝言の撤回《てっかい》を回しもしたと。

話を聞いたアーウィン自身もどんな事態になるかは正確にはわからなかったが、ウミベリの王宮がまたもやとんでもない騒動になるのは楽に予想がついた。そこでベラテニアにすぐさま撤回をするよう勧めた。最初はのり気でなかった彼女も、昨日の昼過ぎ、南から吹いて来た風の精霊に、

〝ウミベリの王宮で楽しいことが起きている。他から来た精霊たちがわんさと寄り集まって占領する勢いだし、若い風龍はかれらに囲まれて必死で謝罪をくり返してる。百もいそうな地霊族ひとりひとりに〟

そう聞かされて、やっとことの重大さに気付いた。もちろんそんなに一斉に精霊たちが押し

かけるとも、そんなに沢山《たくさん》の精霊たちがレイスに謝ってもらいたがっているとも、また、それほど多くの対象者が存在するとも予想していなかったのだ――。

「彼女はきみの子供時代を知らないからなあ……」

アーウィンはしみじみといい、レイスはいやーな顔でアーウィンを見た。

「さて、いかがいたしますかな風龍様」

そばで控えていた魔法使いのワズがおもむろに話しかけた。

「謎は解明され伝達も撤回され、精霊たちが連日王宮に押しかける事態は徐々に解除されそうではありますが、問題はいま中庭に集っているかれらですな。昨日と同じ手間をかけるか、それとも、今回は風龍様の本意でなかったと説明し、元の住処《すみか》にお戻りいただくか」

「あー」

「その場合は私が責任を持って話して帰ってもらうよ」

アーウィンがすぐさま名乗り出る。今朝方ワズに事情を説明したとき、すでにここまで考えて話していたのだ。

レイスは迷って唸《うな》った。正直昨日の疲労はまだ頭の芯《しん》に残っている。

するとルカがレイスの前に来て言った。

「追い返すというんですか」

その顔はきつく、正面からレイスを見ていた。

レイスはなぜかくちびるに笑みをうかべた。

「いや、中庭にいる連中には全員会うよ。せっかく来てくれたんだし。それを追い返すのはどうもな」

「ええ。いたって順当で当然ですね風龍殿。そもそもご自分の蒔《ま》いた種ですしね」

ルカはもう普段のようなつんと澄ました顔をレイスに向けていた。


その澄ましたルカの顔だが、十分と持たなかった。レイスが精霊と会うことに前向きな態度だったため、心意気をかって受付をひとりでやれとワズから申し渡されたのだ。もちろん体《てい》よく面倒な仕事を押しつけられたのだ。

ただし救いの手はあった。百は下らない精霊たちをひとりで相手にするのかとぼう然としたルカを見かねて、アーウィンが自分も一緒にやろうと申し出てくれたのだ。かれも今回の騒動に多少なりとも責任を感じているのだった。

昨日同様に中庭は人間の立入禁止とし、その中にテーブルを持ち込んで、ルカはアーウィンと並び、やってきた精霊たちのリストを作りだした。

背中に羽の生えた蝶々《ちょうちょう》のような愛らしい姿の精霊たちから、鋭い牙を持つ剣呑《けんのん》な見た目の地狼、美しい女の姿をしているが旅人を惑わすことで有名な樹の精霊たちや、真っ白な翼の風魔鳥の集団と、精霊の種類は実に豊富だった。

ある意味レイスは公平だった。自分と同じ風に属する精霊だろうと、真逆の大地の精霊だろうと、分け隔《へだ》てなく悪戯《いたずら》して回っていたのだから。

ルカの仕事はさまざまな特性を持つ精霊たちの気を損《そこ》ねることなく、辛抱《しんぼう》強く相手して話を聞き、リストを作るわけだったが、これは非常に辛《つら》い仕事だった。

ルカが聞きたいのは名前と精霊の種族と大雑把《おおざっぱ》な仕分けのために、レイスからの被害は何年前に受けたかということだった。

が、精霊たちの中にお喋《しゃべ》り好きの者もけっこういて、そういった連中は聞きもしないことを実によくペラペラと喋り、聞きたいことだけはなかなか答えなかった。

欲しい情報を取ったら、ともかくお喋りを無視して次に移るしかないのだが、なお割りこんで話そうとする者もいたから次の精霊とケンカしそうになる。それを止めるのもやはりルカの仕事だった。

ルカは昨日に引きつづきやくたいもない話を山程聞かされ、とくに、薔薇《ばら》の花の刺《とげ》の数と長さについてと、川の水のせせらぎの最初の音は生後十ヶ月の赤ん坊のくしゃみの最後の音と同じ音程だという話と、葡萄酒《ぶどうしゅ》で有名な青の宝国の昨年のブドウに着いた水滴の話は、今後一年、持ちだしてきた人間の名前を書き出して小さな呪いを送ってやろう、とまで思い詰めた。

もちろんそんな話を人間が持ちだすわけはないのだが、それを忘れるくらい思い詰めた。

ちなみにブドウの話は、その地に住む大地の精霊一族が、水滴が付いたままではブドウが傷《いた》みやすいので毎朝せっせと拭《ふ》いていたのだという自慢話を延々聞かされたからだった。

お喋りな精霊でこれだけ苦労するのだから、では無口な精霊ならいいかというと――もちろん同じだけ苦労した。かれらは本当に何も言わず、首を右に向ければ「はい」左に向ければ「いいえ」という具合に意思表示をした。ルカがアーウィンに、この相手は人の言葉は話せないのか、とヒソヒソと聞くと、

「もちろん話せる、地狼は知能の高い大地の精霊だ」と教えられた。

ルカは、ああ自分が舐《な》められているのかとうんざりして、テーブルを立つと、腰の杖《つえ》を元の大きさに戻して地面につき、その場に複雑な魔法陣を呼び出した。アーウインはほうと注目した。

水の魔法陣は雪の結晶が広がるように枝を伸ばしどんどんと大きくなり、中庭中に氷の樹を生やした。庭の精霊たち、特に水の精霊は楽しげに囃《はや》し立て、炎の精霊は面白がって溶かしては水溜まりを作った。

ルカはそちらには気を払わなかった。本命は目の前の狼の姿をした大地の精霊だったからだ。

地狼の左右にも氷の樹が生え、それはあっというまにとある氷の彫刻に仕上がった。

どちらの彫刻も真ん中の本物の地狼そっくりで、しかも右も左も本物の方に首を向けていた。

つまり地狼がまた顔を左右に振れば、鏡映しのような自分の彫刻と顔を合わせるわけだ。

それに気付いた地狼は大変人間くさくルカを——見あげはしなかった。ルカは地狼の前に座って、頭上のテーブルに手をのばし、リストを書きつけた紙束を取ると言った。

「知りたいのは名前と種族と風龍殿から被害を受けた年。ちゃっちゃと言ってくれないと、あんたの名前はリンゴのタルトちゃんで、種族は火喰い鳥、今は仮の姿で、被害を受けたのは三日前って書くよ。違うなら、なんだっけ、左側見る？」

地狼は左右どちらも見なかった。正面のルカを見たまま人間くさく笑い、口を利《き》いたのだ。

「リンゴのタルトは困る。リンゴは生のまま囓《かじ》る方が好きだ。名はゼール。二十五年前にここの風龍殿に、他人には言いたくない悪戯を受けた」

「ありがとうゼール。でもって……大変だったたな」

心から同情を込めてルカは言った。

テーブルに座り直すと、アーウィンが何か言いたげにこちらを見つめていた。

「なんでしょうか？　アーウィン」

「キミはなかなかの魔法使いだと思ってね。水を操るのが得意らしいが」

「ええ。得意にしたんですよ、ミズベに行って」

「得意に？　なぜかね」

「そりゃウミベリが海を持っている国だからです。王宮も海に近いし。なによりイトル港を使っての交易は、この国を支える重要な産業です。だから水の魔法を極めていたら有利と考えたんですよ。先程は助かりました。少し手助けしていただいたでしょう。自分ひとりでやるより、魔法陣の広がり方が早かった」

「さて、なんのことかな。私は水の属性だからね。自分が心地《ここち》よいことは自然と力が働く」

「あなたが座っていてくれて得をしたな」

「で、得意にしたと言うからには、前に得意だった魔法もあるのだろう？　そちらを使う方がいい。なにしろ無尽蔵《むじんぞう》に……」

「いえ」

ルカはきっぱりと言った。

「水です。水でいいんです。さあリストを進めましょう」

ルカの魔法の示威《じい》行動が効いたらしく、その後のリスト作りはそこそこスムーズに進んだ。

精霊たちはルカに本名を、あるいはここでだけ通じる名前を告げ、口の滑《なめ》らかな者はどんな悪戯を受けたかもこっそり教えてくれた。

その間にルカは時間を見計らいひと組、ふた組ずつをレイスの待つ温室へと連れて行った。中をのぞくとレイスは水の精霊に向かって謝っているところだった。小さな少女の姿の精霊は、腰に手をあててぷりぷりと怒りながら、レイスに当時の文句を言っていた。

ルカは精霊の方に同情した。たしか耳打ちされた彼女の話では、レイスは彼女とその友人が丹精《たんせい》込めて作った虹の架かる美しい滝と、奥に隠された洞窟《どうくつ》を、滝壺《たきつぼ》に住む魚を巻き上げるのが楽しいからと立て続けに竜巻を起こして台無しにしてしまったのだ。

とても同情はできず、レイスもそれがわかっているのか、心から謝っていた。

ルカが中庭に戻ると、テーブルにアーウィンと談笑するミミ王女がいた。

「ルカさん、お帰りなさい」

ミミがルカを見つけて立ち上がって手を振り、足元に置いてあったバスケットをテーブルに持ちあげた。

「ミミ王女。なぜここに。中庭に入っては危険です」

「来たのはこれを届けるためなの。それに危険はないでしょう。アーウィンさんがいらっしゃったのが見えましたし。わたしたちけっこう仲良しなんですよね」

ミミがそうですよねとアーウィンに笑いかける。アーウィンは一瞬身体《からだ》を引きかけたが、なんとかこらえて精一杯の笑みをうかべた。

ミミはアーウィンの微妙な態度には気づかず、バスケットのフタを開けると中身をテーブルに並べ始めた。そこにはお茶のセットが入っていた。ティーカップがみっつに熱々の紅茶の入ったポット、そして何の偶然か大きく切ったリンゴのタルトがみっつだった。

ルカも途中から手伝ってお茶の支度はあっという間に終わった。他にバスケットには一口大のサンドイッチとクッキーの包みもあった。

「ありがたいです。丁度《ちょうど》一休みしたいところでした。でもなぜミミ王女みずから？」

「途中までは侍女《じじょ》が持ってきてくれたの。ただ、中庭に入るのを怖がって。それに実を言えばトルマス様に直々に頼まれたんです。ようすを見てきて欲しいって。万一ふたりきりになったら怒られるから自分では行けないって、寂しそうにおっしゃってました」

にっこり微笑《ほほえ》むミミとは対照的に、ルカは苦笑をうかべた。

食事をすべて平らげ、保温の魔法をかけたお茶だけ残してもらい、残りの皿をバスケットにしまうと、ルカはそれを持ちあげてミミを中庭の外へ送りに行った。

「ところでルカさん、今朝のことですけれど」

歩きながらミミが言った。ルカは一瞬本気で考えこんだ。朝からいろいろとありすぎてとっさに出てこかったのだ。でもすぐにミミ王女が厨房《ちゅうぼう》にいたことを思い出す。

「ええ、はい。驚きましたよ、厨房にいるはずのない人がいて。自分がまだ寝ぼけているのかと」

「そうですよね、驚きますよね。あのう、あのう……。そのことはだれにも言わないでいてもらえますか。まだ秘密にしておきたいんです」

ルカはミミ王女がモジモジと手を動かし頰《ほお》を赤らめていることで。ピンときた。

「料理を作る練習をなさってるんですね、トールのために」

ミミはパッと顔を上げた。

「どうして分かるのですか？」

思わず言ってしまってから、あっと口を押さえた。ルカはつい笑ってしまった。この可愛らしい王女がトルマスの婚約者であることに心から感謝した。きっとこれはトルマス自身も感じているだろう。そのときルカはふと思いついた。

「ミミ王女、つかぬことをお伺《うかが》いしますが、王女の誕生日はいつですか」

「はい、星積月の二八日ですけれど？」

「では好きな食材、嫌いな食材は？」

「野菜と卵が好きです。嫌いなのは、たまねぎが、子供の頃は苦手でした。いまは大丈夫です。いったいなんですか？」

「今度の勝負の出題です。トールをどれだけ理解しているかって話だから、ミミ王女のことも出てくるかと思ったんです。トールはあなたのことをとても大切に思っていますから」

「まあ」

「そうだ大事なことを聞き忘れてました。ミミ王女、服のサイズは――」

しばらくして中庭のテーブルに戻ってきたルカにアーウィンは聞いた。なぜ頬が手の形に赤くなっているのかと。

五章　レイス、思う

精霊たちが来た二日目の真夜中。

レイスは温室の屋上に大の字になって寝転がっていた。

先程やっと二十組目の精霊に過去の悪戯《いたずら》を詫《わ》びて「許す」の言葉をもらったところだ。へとへとになるまで頑張り、こなした数は昨日より多いが、それでもまだ七組が残った。レイスは残ったかれらに明日の日の出からの再開を約束し、了承をもらったところでようやく息をつき、屋根へあがってきたのだ。

空の高い場所に満月が浮かんでいた。この時間になると空気に海の香りはあまり感じられない。風向きは北、いわゆる陸風になるからだ。

レイスは腕を軽く上へ伸ばした。静かな空気の流れが感じられる。しばらくそのままにしておくと、風が優しく自分の指に触れるようになった。風の精霊たちが、レイスの手を撫《な》でるように挨拶《あいさつ》しているのだ。

と、上空を吹きながれていった風が、ふわりと戻って隣に降りた。格別心地《ここち》よく馴染《なじ》んだ風は、シーラだった。

シーラは手をのばしレイスの指先に触れると、そこからゆっくり手の甲まで撫で下ろし、一度戻っててっぺんへゆくと手の平に回って二度三度と撫でた。

「どう？　オリベとの国境ちかくの北の森林地帯から運んできた風。雲のうんと上にある冷たい風と、森の中を枝葉を鳴らして駆け抜ける風。それからまた雲につっこんで生まれる前の雨の粒をけっとばして、にわか雨にして降らせてきた風」

「あーいいな。全部気持ちいー。オレもやりてえ。ありがとなシーラ。疲れが減った」

レイスは身体《からだ》の中を吹いていく風を感じて心地よさそうに言った。

「そう？　ならもういいわよね」

シーラはにっこり笑うと身を屈めてレイスの額をペチリと叩いた。

「ってぇー、なにすんだよシーラ！」

「ミミ王女に今日のお昼馬鹿なこと聞いたでしょ。身体の寸法」

「あー、聞いた。だってあんな顔真っ赤にして怒ると思わないじゃねーか。おまけに答えないで足踏んでいくし」

「あら、やるじゃんミミも。教えた甲斐《かい》があったわ。その前にルカに聞かれたときは顔真っ赤にして目に涙うかべてたのよ」

「げ、あいつも聞いたのかよ。なんだよもー。閃《ひらめ》いたと思ったのにー」

シーラは冷たい目でもう一度レイスの額を叩いた。

「乙女《おとめ》にそんなこと聞いちゃいけないってこともわかんないの!? まったく、男って発想が幼稚で同じでやんなっちゃう。いくらトルマス様のことを理解するためって、トルマス様がそんな質問するわけないでしょ！」

「やーでもよ。ミミのこと押さえるのは基本かなって。ミミ、ルカの足は踏まなかったのかよ」

「踏まなかったわね。代わりに私がうしろから忍び寄って思いっきりほっぺた叩いてあげたけど」

ということで、ルカの頬《ほお》の赤い手形はシーラのものだった。

「なんだ午後に来たときなんか赤くなってんなと思ったら、あれシーラだったのか」

レイスはくすくすと笑った。その顔からは先程まであった濃い疲労の影が薄れていて、シーラはほっとした。

「この二日間の気分はどう？」

シーラは大変ねとも平気なのとも言わなかった。

「そうだなあ……。昔のオレをここに連れて来てこっぴどく叱《しか》りたい」

シーラは思わず笑った。「それから？」

「……やっぱ疲れた。魔法を使いすぎて疲れるのとは全然違う疲れ方な。オレがいけないの分かってんのに、全部放り投げてどっか行きたくなるぐれー」

「そうよね。それだけレイスが真剣に、心の力を使ってるからよ。心込めて謝ってるんでしょ？」

シーラに言われて、レイスは不覚にも胸がつまり泣きそうになってしまった。それを誤魔化《ごまか》すように目を閉じて声を上げる。

「あと、トールと話してねー。つまんねー。すぐそばにいるのによー」

シーラはまだ一週間もたってないのにとからかい、それに対して憎まれ口を言うレイスへ、とっておきの情報を話した。すなわちトルマスが子供の頃に読んで憧れたミズベ国王の伝承を、いくつか教えてあげだ。

また同じ頃、トルマスも王宮の自室で人と会っていた。

「ごめんね、こんな夜中に来てもらって」

「何をおっしゃいます。この身は王家の皆様のためにありますぞ」

招いたのは魔法使いのワズだった。

「ルカとレイスのことだけどさ、ふたりは仲良くなるかな」

「ふむ。仲良くはならんでしょうな。どちらも若い。譲《ゆず》ることを知らない。あと十年も経てばルカも落ち着くでしょうが、今はまだまだ。仲良くなどと夢のまた夢」

「やっぱりか……」

「ですがトルマス様。ふたりとも本当の馬鹿ではありませんからな。お互いにその能力を認め合うことなら……まああり得る話と思いたいですな」

トルマスは笑った。最初こそ確信に満ちていたワズの言葉が、段々と不安そうに変わっていったからだ。だがまあ、救いはある。この老齢の魔法使いの言う言葉は滅多《めった》に間違わないからだ。

「仲良くならなくても、お互いに認め合う、か。それが聞けたらいいや。ありがとう」

同時刻。ルカは自室の机で自分の不在中の王宮の出来事について、子細《しさい》を記しているという侍従長《じじゅうちょう》の覚え書き帳を読んでいた。王宮内のかなり踏みこんだ秘密も書いてあるからと渋る侍従長を子供の頃から知るもののよしみと、土下座《どげざ》せんばかりに頼み込んでやっと借りて来たのだ。

しかしルカは読みながら何度もこっくりと船を漕《こ》ぎ、最後には机に突っ伏して眠ってしまった。

そんな各々の夜がすぎて。

明けた三日目。

椅子《いす》にもたれて寝ていたルカは、早朝の小鳥たちの鳴き声ではっと目が覚めた。慌《あわ》てて窓の外を見ると太陽が昇ってからそれほど時間がたっていなかった。苦しい姿勢で眠ってしまったが、それが功を奏して早起きできたようだった。

冷水で顔を洗い、ルカは大急ぎで厨房《ちゅうぼう》へ向かった。

ミミ王女を待ち伏せするつもりだった。昨日の非礼を詫びるために。

厨房の入口近くで、出してもらったスープとパンを囓《かじ》りつつ侍従長の覚え書き帳を読んで待っていると、入口に侍女《じじょ》を連れたミミ王女が現れた。ルカは口元を拭いて急いでミミ王女のもとへ行った。

「おはようございますミミ王女。昨日はすみませんでした。とんでもない間違いをして、ミミ王女の気持ちを傷付けてしまいました。申しわけありませんでした。どうかお気のすむように罰《ばつ》をあたえてください」

ルカが率直《そっちょく》に謝りその場にひざまずく。ミミは目をぱちくりとさせ、すぐに頭をふった。

「立ってくださいルカさん。許します。それにもう制裁は受けましたでしょう。あの場で」

文字通り風のようにやって来たシーラがミミの代わりにルカの頬《ほお》を懲《こ》らしめてくれたのだ。

あの時程シーラを頼もしく思ったことはない。

「ですが私の気が収まりません。罰でなくとも、なにかご奉仕できることがあれば、どんなことでも言って下さい」

熱心に言うルカにミミは困ってしまったが、侍女が良いことを思いつき耳打ちしてきた。

「ミミ様、例のお菓子作りのお手伝いをしてもらうのはどうですか？」

「まあ、それは素晴らしいわ！　いい考えよ。ねえ、ルカさんは水や氷の魔法がお得意でしたよね。でしたらこんなことは出来るかしら」

ミミはルカに近づくと自分の計画を打ち明けて相談した。

聞いているうちにルカの顔に笑みが浮かんで来る。

「なるほど、それをトールに。はい、もちろんです。喜んでお手伝いいたします！」

こうしてルカはミミとある秘密の契約をした。

ルカはその足で中庭へ向かった。精霊たちはまた新たな顔ぶれを増やしていたが、昨日の時点で分かりきっていたことなので驚かなかった。アーウィンも引きつづき姿を見せてくれており、ルカは気合いを入れると慣れた口調で注意事項を読みあげた。

途中ワズがようすを見に来てくれたり、初日に帽子を取られたというメイドがおっかなびっくりお茶を持ってきてくれたりし、午前中は比較的穏やかに時間は流れた。

もっとも精霊たちに限っていえば、やっかいな者ばかりで、お喋《しゃべ》り・無口・非協力的・人の話を聞かない者・ルカに向かってグチグチとレイスの悪口を言う者と、相変わらずのわがままぶりだった。

そんな中、アーウィンがテーブルから立って迎えた精霊がいた。緑の髪を持つ可憐《かれん》な少女で、聞けばこの騒動の発端であるベラテニアに仕える者だと名乗った。

「どうしてここへ。まさかきみも、かの風龍君の悪戯《いたずら》に遭《あ》っていたのかい？」

尋ねるアーウィンに、少女は違いますます違いますと顔をブンブンと振った。

「ベラテニア様がようすをお知りになりたいからと私を遣わせたんです。おわびの言葉も預かって参りましたが……今日中にお会いできそうにもないですね」

少女は中庭に数多く集った精霊たちを見て頭をふった。

「いえ、すぐ行っても平気じゃないかな」

ルカは受け付けのリストをめくって答えた。

「レイスの謝罪がなくて話をするだけなら、時間もかからないし。案内するよ。早く知らせに帰りたいでしょう？」

少女は感謝を述べてルカと一緒に温室へ向かった。

温室ではレイスが風の精霊に昔の悪戯を謝っているところだった。次の順番の精霊はさっきルカが案内した一団で、そっくりの顔の風魔鳥の姉妹五名だった。ルカは事情を話して彼女らの前に使者を割りこませようかと言ったが、緑の髪の少女は彼女らの後でかまわない、それくらいは待つからと言ってルカを帰した。ルカはその道すがら、垣間見た温室内の光景を思い出し自然とため息が出た。

昼すこし前、中庭には早めの昼食のバスケットが届けられた。ルカは驚いた。今回運んで来たのはミミ王女とトルマスのふたりだったのだ。

ルカはやってくるふたりに気付くと慌てて駆けより、ミミの手からバスケットを受けとった。

「どうしたんです、ふたりして中庭に来るなんて。それにトールは……」

「わかってる。どっちかひとりとだけ会ったらいけないんだろ。だったらミミ王女にいてもらえばいいのかなって思ってさ」

「昨日のおふたりのようすを伝えたら、やはりトルマス様ご自身がお会いしたがったんです」

「そう。このあとレイスの所ものぞきに行くからさ、早めだけどお昼を持ってきた。一緒に食べよう」

「ありがとう、ございます」

ルカはふたりに礼を言った。ウミベリの王子もその婚約者の王女も、暇な身ではない。王族はしょっちゅう何かしらの招待を受けたり、政治上の集まりに顔を出すものだ。だからどちらか、あるいは両方がこの昼食のために予定をずらしたのだろうと思った。

そしてふと考えた。せっかくトルマスとミミが作ってくれた時間を、自分とレイスと別々に使わせるのは、果たしてなんのためだろうかと。

「どうしたのルカ」

バスケットから食器を出していたルカの手が止まったのでトルマスが聞く。

「トール、あの執務室のあと、かれには会った?」

「会ってないよ。そういう約束だろ」

ちょっとムッとしたようすでトルマスが答える。

ルカは先程見てきたレイスのようすを思い出した。

酷《ひど》く疲れたようすだった。

すべて自業自得なので、あまりかれを誉《ほ》めたいとは思わなかったが、レイスがひとりひとりに心をこめて謝っているのは知っていた。謝罪を受けた中にわざわざ中庭までもどってきて『風龍殿《ふうりゆう》はようやく龍らしくなってきた』と言って帰る精霊もいたからだ。しかも言ってくる者は皆満足げな表情をしていた。レイスはかれらの心にも届く真面目《まじめ》な態度で取り組んでいるのだ。決して誉めたりはしないが……。

ルカは心を決めると、テーブルに出した食器を手早くバスケットに戻しはじめた。

「ルカ?」

「むこうで食べましょう。温室で」

びっくりしているトルマスとミミにルカは言った。

「どうせなら全員で食べた方が、時間もゆっくり出来る。そうでしょう」

「あ、うん。だけどいいの？」

「もちろん、三人で会うなら文句ないです。じゃなくて四人で」

ルカは出したカップをニッコリ微笑《ほほえ》んで差し出すミミを見て言い直した。

「いいかなアーウィン、またここを任せて」

「もちろん。行ってくるといい。風龍君によろしくな」

ルカは礼を言って、今度は三人で温室へ向かった。

なんだか気分がよかった。横を歩くトルマスとミミの嬉しそうな顔を見て、心はますます軽くなった。

＊＊

その少し前。

風魔鳥の姉妹たちに誠意を込めた謝罪をして、レイスはようやくベラテニアの使者と会っていた。レイスは疲れた顔をしていたが、緑の髪の少女がベラテニアの心のこもった言葉を伝えて、お詫びの印を差し出すと、くちびるを綻《ほころ》ばせた。

ベラテニアの治める山の中から取れたというそれは、淡いピンクから紫へ濃くなっていく紫水晶の原石だった。中央の柱の部分はそのまま手つかずだったが、根本の周りには渦巻《うずま》く風と海の波の紋様が刻まれており、他にも水に佇《たたず》む一角獣や風に包まれている人の姿もあった。また人はふたりいて手をつなぎ合っていた。

これが何を表しているか当然レイスにも分かった。またそれを用意してくれたベラテニアの気持ちも分かった。

「詫びの品なんかいらねーと言いたいとこだけど、これは返せないなあ。詫びとかじゃなく、贈り物として受けとっておく。そう伝えてくれ」

主からの重要な仕事を無事に果たせた少女の姿の精霊は、嬉しそうに頷いた。レイスは彼女を温室から見送って次の一団を招き入れようとした。外には恨めしい目でこちらを見ている青白い顔をした男の沼地の精霊とその仲間が待っているのだ。

ルカの持ってきたリストを見なくともかれのことは覚えていた。

『こんな湿気があるからおまえ暗いんだよ！』

子供の時のレイスがかれの住まいに、砂漠に吹いている熱い乾燥した風を持ち込み、その際かれが愛情を注いで育てていた沼地の植物を枯らせまくったことがあったのだ。

「待たせて悪かった。話すのはここでいいか？　あっちの池には蓮《はす》が咲いてるけど移るか？」

「ぜひそちらで。……覚えているんですか私のことを」

「ああ。あんたの沼地を滅茶苦茶《めちゃくちゃ》にしたよな。そうだ、温室のどれか欲しいなら庭師に口利《き》いてやるけど？」

レイスは沼地の精霊と蓮の花の咲く奥の池に向かった。その背中で温室の扉が開き、熱風が吹き込んだ。

ベラテニアの使者はまだ温室を出ておらず、風に気圧《けお》されて悲鳴をあげた。レイスもすぐにふりかえり、沼地の精霊を背中に庇《かば》った。

温室に現れたのは身体《からだ》に真紅の炎をまとわせた精霊だった。無言でレイスを見ている。レイスの方はすぐに表情を緩《ゆる》めた。

「たしかコーサの砂漠で会った精霊だよな。二十年前だった。まさか来てくれるとは思わなかった。ただ、悪いんだが順番があってさ。いまは先にこの相手と話をしたいんだ」

「勘違いをしている」

炎の精霊は抑揚《よくよう》を押さえた声で言った。冷たい怒りが宿っていた。

「私は謝罪を受けに来たわけではない。第一、なぜ謝られる方がのこのこと出向かねばならんのだ。風龍よ、本気で反省をしたのなら、そちらが出向くのがすじではないか。それをこのように呼びつけて」

「違います。炎の精霊様、それは誤解で――」

ベラテニアの使者の少女がレイスの弁解をする。が、レイスはそれを止めた。

「いや、いいんだ。そう言われても仕方ない。現にオレはこの人のところにまだ一度も出向いてなかったんだ」

「そうとも。二十年の間、私は一度も訪問を受けていない。すっかり忘れたのかと思っていたが……一応覚えてはいるのだな」

「すまない。返す言葉もない。近々行こうとは思ってたけど、今さらだよな」

レイスは目に見えて落ち込んだようすだった。

「お、お言葉ですけど、ならどうしてあなたは来たんですか」

沼地の精霊がレイスの背中から顔を出して言う。

炎の精霊はかれをじっと見た。視線だけで焼き殺されそうで、沼地の精霊はまたレイスの背中に隠れた。

「私は、見に来たのだ」

「は？」

「ここに集《つど》った有象無象《うぞうむぞう》の精霊たちの、浮かれたようすを見に来た。どこから回って来たか、真偽さえ定かでない噂話《うわさばなし》に、浮き足立ってぞろぞろとやってくるような者らの顔を、見にきたのだ。風龍から頭を下げられ、それで舞い上がるような奴らの顔を。そしてそんな程度の精霊たちに囲まれて、悦に入っている風龍の顔も。さらに何を勘違いしたのか、風龍に贈り物をするような恥知らずの顔も見に来た」

コーサから来た精霊はレイスからうしろの沼地の精霊へ、さらにベラテニアの使者の精霊へと、視線を移していった。声にも視線にも強い思いがこもり、その場にいた精霊たちは呪いをかけられているような気がした。

だがレイスはその視線を真正面から受け止め、逆にあごをぐっと引き睨《にら》み返した。

「オレは昔のことは謝るけど、いまのあんたの言いぐさはどうかと思う」

「真実ではないか。いま起きていることこそが、風龍の望みなのだろう。中庭にいる精霊たちは順番を競って待っているのだ。風龍に目通りをするために。茶番だ。龍族ともあろう者が、これではまるで精霊たちの人気取りをしているようではないか。贈り物を受け取り、また自らも差し出そうと持ち掛けて。いったい龍族の誇りはどこへやったのだ！」

レイスは炎の精霊がベラテニアの贈り物や自分が沼地の精霊にいった蓮の花のことを誤解しているだだと分かった。

「もう一度言う。オレは昔の罪は謝るが、あんたがいま言ったことはとても受け入れられない。

撤回《てっかい》してもらう。あんたはここにいる沼地の精霊も、そこの大地の精霊も、それから中庭に来てくれた沢山《たくさん》の精霊たちのことも、一方的に見下して軽《かろ》んじてる。馬鹿にしてる。みんながどんな思いを持って来てくれたも知らないのに」

レイスは沼地の精霊に自分から離れないように言って、炎の精霊の横を回り込み、ベラテニアの使者の少女の方へ歩いた。

コーサから来た精霊はさらに自分の周りの炎を強く燃え上がらせた。

「真実ではないか！　皆が媚《こ》びている。私はこのような茶番、決して許さない。だから言っておく。今後どれほど私の所へきても無駄だと」

炎の精霊はそう言うと怒りのあまり熱風を身体からまき散らし、周りの植物たちを見る見る萎《しお》れさせた。

「なにしてんだよ、あんたは。出てけよ、ここでそんな真似《まね》、オレが許さないぞ」

「言われずともいま出ていく！」

炎の精霊は怒りに満ちた目でレイスたちを睨み付け、大分手前から温室の扉を炎の手で開け放ち、昂然《こうぜん》と顔を上げ出ていった。

間の悪いことにそれは丁度《ちょうど》トルマスたちが温室へ向かっている時でもあった。

トルマスやミミと談笑しながら歩いていたルカは、前方からくる強い魔法の気配に思わず腰の杖《つえ》を手に持った。

「どうかしました?」

ミミがふしぎそうに聞く。トルマスはルカが前方から視線を外さないのに気付いて同じ方向を見た。

「なんだ、ルカ」

「しっ。尋常《じんじょう》じゃない力が漏《も》れ出してる。私のうしろに」

ルカがバスケットを地面に置く。トルマスも同じようにして代わりにミミの手を持った。間もなく温室方向からやってくる者の正体が見えた。昼間でもこうこうと輝く炎を身にまとった精霊だった。

「中庭では見なかった顔だ。直接温室に行ったのか」

「なにかしら。とても怒って見えますけれど」

まなじりをきつくあげた精霊にミミが不安そうにつぶやく。

「僕にもそう見えるよ。レイスとなにかあったかな」

「どうやらそのようです」

精霊の怒りにまかせた独り言が聞こえるようになり、ルカは言った。

「茶番だ。それに乗らなかったからといって、私に出ていけなどと。よくも言ってくれた！　こうなったら集まった精霊たちに真実を言ってやる」

　炎の精霊は脇に固まる人間には目もくれず、中庭へ向かった。

　精霊がこちらに関心を払っていないと分かり、トルマスもルカも少し息を緩《ゆる》めた。ミミを強く摑《つか》んでいた腕からも力が抜ける。

　と、まるでそれを待っていたかのようにミミが精霊の前に飛び出した。

「待って下さい！　どうか帰ってしまわれないでください！」

「ミミ！」

　トルマスが駆けよろうとするがルカが止めた。

「いま水の壁をつくってミミ王女を包んでます。ひとり分しかないからここにいて」

　ルカが言ったがトルマスは首を振って前へ出る。ルカも半分わかっていたので文句を言わずについて行く。

　炎の精霊は目を眇《すが》めてミミを見た。ミミが目の前にきてやっとトルマスやルカたちの存在にも気付いたようだった。

「人間が三人。ひとりは魔法使いで他はただの人間か。なんの権利があって私の行く手を阻《はば》む、人の娘」

「どうかお怒りのまま帰らないで下さい。レイス様に会ったのでしょう。でも心が行き違って、レイス様をお許しにはならなかった、そうですよね」

「いかにも。人間の娘にしては頭の使い方を分かっている」

「では、お願いです。もう一度心を静めて、レイス様とお話ししてくださいませんか」

「断る」

精霊はにべもなく言った。

「向こうが出て行けと言ったのだ。あの態度を改めぬ限りは私は話す気にならぬ」

「レイス様が出ていけと？　そんな……きっとなにかの間違いです。決して悪気があったわけではありません。信じて下さい」

「信じる？　なぜ私が、どこのだれともわからぬ人間の言葉を信じなければならない？」

「彼女は僕の婚約者です」

ここでトルマスがミミの横に立った。さり気ない位置だが、とっさの時にミミをかばえるようにしたのだ。

「僕はここウミベリの王子トルマスです。だから彼女は将来ウミベリの王妃になる女性です」

「ウミベリの王子？　あの風龍を懐柔《かいじゅう》した王子か。どんな人間かと思っていたら、案外凡庸《ぼんよう》なのだな。ああ、気に障《さわ》ったのなら謝る」

「別に気には障らないよ。僕は平凡な人間だからね。それより、ミミの願いを聞いてくれるんですか」

「お願いします」

ミミは期待を込めて精霊の顔を見た。しかし。

「くどい！　私は行かねばならぬ場所がある。これ以上邪魔をするな」

炎の精霊が強く手を振り払った。

そこから炎が飛んで、ミミだけでなくルカやトルマスたちも一つにまとめて閉じこめる円を作った。足止めされたのだ。

「動かないで。すぐ消します！」

「消せるならばな」

ルカの言葉に精霊は自信たっぷりに返し、トルマスたちに背中を向けた。

「待って！」

ミミは円の中で移動した。けれど爪先《つまさき》が、ほんの少し円の縁を踏んだ。

その瞬間、炎の柱が立ちあがり、ミミの腕をなめた。

「きゃあっ！」

ミミが悲鳴を上げ、トルマスが飛び出してミミをひきよせる。ルカはすぐさま魔法でミミの服にくすぶる炎を消し、ほぼ同時に足止めの炎の円も消滅させた。すべて素早い対応だったが、ミミは腕に火傷《やけど》を負っていた。腕を押さえて顔を歪ませるミミに、ルカは自分でも意識する前に歩き去る精霊に叫んだ。

「待て！　ウミベリの王宮でこんな無礼を働いて、そのまま行くことなど出来ないぞ！　ミミ王女とトルマス様に謝ってもらう」

炎の精霊はルカの声に驚いた顔で振り向いた。自分の施した足止め魔法が消えていると知り、ルカを睨《にら》む。

「そこそこ使える魔法使いのようだが、無礼はそちらだ。守龍候補もなっておらんが、おまえも同じだ！」

精霊はさきほどより強い力で炎をぶつけて来た。ルカは背中にトルマスとミミを庇《かば》いながら得意の水の防御魔法陣を使った。

炎のムチのような攻撃は二度三度と続いた。ルカの防御はかなりしっかりともってくれたが、端の方でほころびが出始める。無理もない。精霊の操る炎は、鉄をも溶かす温度に上がり、地面に振り下ろされると無残に焼け跡を作る程強い魔法だった。

「くっ……」

杖を防御のための横一文字に持ち、ルカは必死に魔法を維持した。けれど握る杖が徐々に熱くなってくる。

とうとう防御の魔法陣が崩れ、防壁の半分が消え去った。ルカはもう一度魔法を使おうとしたが、炎の精霊はムチを引っ込めた。ルカの魔法を壊したことで満足いったようだった。

「なかなか面白い余興《よきよう》だった。それに免じて今日はこのまま帰ってやろう」

余裕の言葉を残し、精霊は足元に呼びよせた炎の魔法陣の中に消えた。

一拍置いて、温室から駆けつける足音が聞こえた。

「トール、ミミ！　無事か！」

声の主はもちろんレイスだった。

ルカは震えそうになる手をグッと握ってこらえ、レイスに言った。

「おまえ何考えてるんだ！　やって来た精霊を追い返して、激怒させ、ミミ王女に怪我《けが》をさせて！」

六章　ルカ、思いを馳せる

よく切れるハサミが白い包帯の端をパチンパチンと切った。

紐《ひも》状になったそれを、侍女《じじょ》の器用な手がミミの腕にやさしく結ぶ。

「ミミ王女、痛みはいかがですかな?」

「はい、大分引きました。ありがとうワズ」

ミミは包帯の巻かれた自分の手を結んだり開いたりしながら答えた。

炎の精霊による火傷《やけど》を負ってまだ一時間もたっていなかった。


あのあとルカとトルマスはまずミミを老齢の魔法使いワズに診《み》せることを選んだ。その場にはレイスも来ていたが、かれに魔法の治療を頼むことはだれもしなかった。ミミは自分の火傷は大したことはないと思い、トルマスは病気や怪我《けが》をしたら最終的にワズの薬を飲むものだと習慣づけられており、唯一ルカだけは頭をよぎったが、見たところミミの怪我は重傷でなく、また元凶《げんきょう》であるレイスに力をかりるなど断固反対だった。

レイスはこの場で何があったか、ルカの発言からだいたい察したようだった。ひどく青ざめた顔でミミに詫びたからだ。しかしルカはそれをさえぎった。火傷の治療は早ければ早い程治りがいいからとトルマスとミミを急《せ》き立てた。

後に残されたレイスには、かたくなに視線を向けようとしなかった。

（――そうだ。謝ったからって罪が何もかも許されるわけじゃない。第一あんな事態を招いておいて。あいつは一体あの炎の精霊になにをしでかしたんだ。そもそもあんな危険なヤツにまで悪戯《いたずら》を仕掛けていたのか）

少しは見なおそうと思った自分が腹立たしいやら情けないやらで、どうにも収まらなかった。

「ではもう一度注意を申し上げますがミミ様、万一水ぶくれができたら、夜中だろうと早朝だろうと見せに来ること」

ワズがミミに話しかけていた。

「けっして針でつついて潰《つぶ》してはいけませんぞ。なぜなら」

「傷が化膿《かのう》して皮膚《ひふ》に跡が残るからでございましょ。そんなことは私たちも十分知っております！　女の美醜《びしゅう》に関わりますからね！　モリー、おまえもミミ様のようすにはようく気をつけておくのですよ」

「はい、ホーカー夫人」

ミミと一緒に白蓮国《びゃくれん》から来た行儀作法《ぎょうぎさほう》の教師兼相談相手のホーカー夫人は、怒りを隠さずミミ付きの侍女に命じた。ミミが怪我をしたと知らせを受けたホーカー夫人は、顔を真っ青にしてドレスのスカートをくるぶしまでたくし上げ、大急ぎで治療を受けるミミの元へ駆けつけた。この時の足を見せる行為も建物の中を走る行為も、彼女にすればはしたないことこの上無しで、ミミがやろうものなら卒倒する勢いだった。むろんこの時の彼女はまずミミの安否を知ることを優先したのだ。

そして怪我が火傷で、右手首のほんの少しの範囲と知るととたんに安堵《あんど》の表情をうかべ、次にはくるりとふりかえって、その時一緒にいたというトルマスとルカを猛烈な勢いで責めた。

曰《いわ》く、結婚式前の大事な身体になにかあったらどうするのです。治るからいい、ではありません。この後本格的に式のドレスも縫い上げなければいけないのに。殿下もいて魔法使いも控えていて、なぜこんなことになるのです。万が一痕が残るようにことになったら、ああ……！

ホーカー夫人は天晴《あっぱ》れなことにふたりの青年を均等に責めた。つまりトルマスもかなり怒られたわけだ。またふたりも自分たちがついていながらミミに怪我を負わせたことへ大変責任を感じていたので大人しく怒られていた。とくにルカはこういう女性相手には言わせるだけ言わせた方がのちのちスッキリすると知っていた。ともかくホーカー夫人もミミを心配するからこそ怒っているのだ。

またトルマスの方もホーカー夫人に文句を言われながらその実安堵《あんど》していた。ミミの火傷が深刻ではなく、痕も残らず治るとわかったからだ。ワズの手当てのおかげで痛みも軽くなったらしい。

これにはトルマスの最初の処置も功を奏した。持っていた昼食のバスケットに氷が入っていたのを思い出し、それを使ってミミの腕を冷やしたのだ。ドレスの袖口《そでぐち》は炎に舐《な》められて台無しになったが、それが逆にミミの腕を守ってくれて最小限の火傷で済んだのだ。

ちなみにミミは悪いのは用心の足りなかった自分で、トルマスもルカもそれを助けてくれたのだと説明していたが、ホーカー夫人は「助けたというなら、怪我ひとつなく守って初めていう価値のある言葉です！」とピシリと退け、さらに「不用心なミミ王女には、あとでたっぷり話があります」と言って怖がらせた。

ワズの仕事場から王宮へ戻る道を集団でぞろぞろと移動した。途中ルカが中庭での仕事に戻ることをトルマスに伝えて離れる。

それを聞きつけたミミがふりかえり、ルカに礼を言った。

「さき程はありがとうございました」

「火傷《やけど》を負わせてしまいましたから、ちゃんと助けたことには……」

「いいえ」ミミはきっぱりと言った。「わたしとトルマス様と、そしてウミベリの誇りを守って下さいました。とても嬉しく思いました。それだけはお伝えします」

「僕もミミ王女と同じ気持ちだよ。あの精霊に謝れって言ってくれてありがとうルカ」

トルマスもルカの顔をしっかりと見つめて言った。

ルカが中庭に戻るとアーウィンが精霊たちの間に入ってなにやら話しているところだった。

近づいていって聞くと、アーウィンを囲む精霊たちが一斉にルカを見た。

「どうしましたか」

「お帰りルカ。かれらに騒動の説明をしていたんだ。さすがに精霊やきみの使った強い魔法は気がついたからね」

アーウィンは今度はレイスにも伝えたいことがあるとその足で温室へ向かった。ついでにルカに替わって精霊たちを温室まで届けてくれるとも言った。アーウィンが去ると精霊たちはいくつかの固まりになっていた。

そうしてひとりでテーブルにつくねんと座っているとベラテニアの使者の緑の髪の少女がやって来た。

「もう帰ったと思っていました。どうしたんです」

「あの場にいたんです、私」

「はい?」

「私、あの人間の王女に怪我をさせた炎の精霊が温室に来たとき、その場にいたんです。だから知っているんです。風龍《ふうりゅう》様は悪くありません。悪いのはすべてあの精霊です」

使者の少女は温室でなにが起きたのか、ルカに語って聞かせた。


夜になってルカは自室に戻り、ベッドに腰掛けた。疲れた一日だった。

緑の髪の少女を聞けば、レイスが『出ていけ』と言ったのはもっともに聞こえた。しかもレイスがなにか失態する前に、あの精霊はひとりで怒っていたようだった。

(早まったか。けど、元をただせばあいつが悪い)

そう思い込もうとしたが気は晴れなかった。何故かはわかっていた。

(自分だって……あの時……)

ルカはベッドに寝転び、思いを馳《は》せた。

＊　＊

十二年前。ルカがルカーロの名前でトルマスと出会ってから半年後。

王宮での学友暮らしも慣れきて余裕も出てきた頃、ルカーロはトルマスと一緒に数回、勉強の一環としてイトルの町へお忍びで出かけていた。

同行するのは護衛の剣士タイランと社会の仕組み全般を教える教師だった。

トルマスはルカーロがこの町に住んでいたことを知っているので、当然どんなところで遊んだのか、どんな遊びをしたのか、熱心に聞いてきた。そのたびに教師はわざとらしい咳払《せきばら》いをした。余計なことは言うなの合図だ。ルカーロは行儀《ぎょうぎ》良く教師の指示に従ってやった。最初の三回までは。


天気のよい月初めのある日、トルマスがルカーロに言った。

「ねえルカーロ！　今日はきみが町を案内してよ。もう監視《かんし》の目はこりごりなんだ」

ルカーロは吹き出さないよう必死でこらえた。このセリフはトルマスお気に入りの絵本に出てくる言葉と同じだった。

そこでルカーロは大胆《だいたん》な脱走計画を立て、それをトルマスに持ち掛けた。

その日の昼近く、黒塗りの地味な馬車に乗ってイトルにきた一行は広場をいくつか回った後、活気の残る市場を歩いた。

絶好のチャンスだった。馬車の中でもヒソヒソと耳打ちをくり返して打ち合わせていたルカーロとトルマスは、護衛と教師がほんの少し人混みに飲まれたすきにさっと駆けだした。

「ああっ。待ちなさい、こら！」

隙間《すきま》から護衛の手がトルマスに伸びてくる。

「こっちだ！」

ルカーロはトルマスの腕を摑《つか》むと、ひっぱるようにして横の路地に入りこんだ。

その後沢山《たくさん》の階段をのぼり、しつこく追ってくる護衛を振り切り、ルカーロとトルマスは丘の上を目指した。

「こんな入りくんだ道を知ってるなんて、流石《さすが》だねルカーロ」

「そりゃここにずっと住んでますから！　ほらこの道を通れば港が見渡せる展望台にでます」

暗い路地を走り抜け、広がった展望にトルマスはわあっと歓声を上げた。

「すごいや！　お城からはとっても小さく見えた船がこんな大きく見える！」

四本マストの大きな帆船《はんせん》から湾の中を行き来するだけの小舟まで、何十艘《そう》もの船がここから一望できた。港から何本もの桟橋《さんばし》がのび、その上を沢山《たくさん》の人足たちが行き来している。係留《けいりゅう》中の船に荷を運びあるいは船から荷を下ろし、港は荷馬車がひっきりなしに入っては出ていく。白い翼のカモメたちがマストに止まり、うみねこが鳴く。人々の怒鳴り声や陽気に挨拶《あいさつ》を交わす声が風に乗って聞こえてくる。

トルマスは飽《あ》きもせず眼下の光景を見つめて、ふしぎに思ったことは何でもかんでもルカーロに尋ねた。

沖に止まったままの船はどうして？　小さい船に女の人が乗って沖の船に出かけるのはどうして？　人を沢山つれてるあの人はだれ？　船には犬も乗せるの？　などなどだ。

ルカーロはそれに的確に答えていった。船が港に入らないのは船底がつかえるからか、桟橋の係留賃が払えないから。小さい船に乗ってく女は沖の船の旦那《だんな》に会いに行くため。人を連れてるのは……ああ、あの人はイトルの町長だ。いわば港町イトルの王様かな。船に違法がないか調べてる。犬も一緒で税金の高い荷を安いのに混ぜて持ち込んだりしないよう、匂《にお》いを嗅《か》がせてるんだ。

トルマスはいちいちうなずき、尊敬の目でルカーロを見た。

「なんでも知ってるんだね、すごいやルカーロ」

「まあこれくらいは」

展望台には気持ちの良い風が吹いていた。

王宮にいるよりもうんと濃い海の香り、港の匂いだ。

その中には貝や魚の生臭《なまぐさ》い匂いや、酒の匂い、傷《いた》んで捨てられた食べ物、桟橋にからんで腐った海草なども混ざる。

風が下から吹き上げ、ルカーロたちに容赦《ようしゃ》なくそんな匂いを浴びせてくる。

ルカーロは胸いっぱいに吸った。

「いい匂いばっかりじゃないけど、僕は好きです。全部、港の匂いだから。ウミベリの一番重要な港町はここで、だから王宮も近くにあるって、聞かされて育つんです」

「ふうん。僕も、この匂い嫌いじゃないよ。あ、タイランが下にいる。きょろきょろしてるのに、全然上に気付かないや」

ルカーロは護衛のタイランが必死でトルマスを探すあまり、周りの人々を乱暴に押しのけているのを見た。このままではもめ事に発展するのも時間の問題だった。

「そろそろ帰りましょう殿下。あんまり心配させちゃダメです」

ルカーロは鞄《かばん》から小さな鏡を取りだすと、光を上手く反射させてタイランの顔に当てた。

「おーい、ここだよ。こっちこっちー」

トルマスも声を上げて叫ぶ。何度かくりかえすとタイランがやっと気付いてこちらを見あげ、大きく口を開けた。

「そこに、いなさい！　動かないで！」

正確に聞こえたわけではなかったが、手振りから多分そんなことを言っていた。

「ここで待ってましょう」

「えー、もう少し見てたかったけど……。そうだ迎えに行かない？　きっとビックリするよ」

返事を待たずにトルマスが走りだす。

「だめですよ、ここにいなくちゃ！」

しかしトルマスは止まらずルカーロは慌ててそのあとを追った。

トルマスは来た道を引き返していた。ところがそれは港への近道とは違っていた。

「待って、この道は違います」

ルカーロは階段が三つの方向へ伸びる道の途中でようやくトルマスを摑《つか》まえた。

「違うの？　来た道だよ？」

「ですから港への道とは違うんです」

「なんだ。驚かそうと思ったのに。うーん、ねえルカーロ、僕お腹《なか》が空《す》いちゃった。あそこのいい匂いのって貰《もら》えないかな」

トルマスが指さしたのは、向かうのとは別の階段を下りた先にある甘い匂いをさせている揚《あ》げパン屋だった。

ルカーロは仕方ないなあとトルマスの手を握り、そちらへ降りていった。すぐに買って引き返せば間に合うだろうと思った。

昼間に侍従長《じじゅうちょう》からもらった小遣いで支払っていると、同じ屋台にまた子供の客が来た。

「おばちゃん揚げパンくれよ。四つ買うから、おまけもしてよ」

昔自分が言ったのとそっくり同じ言葉にルカーロは驚いて客を見た。

「あっ、おまえ……ちびソル！」

「えっ。ルカーロ？　ルカーロだ！　本物だ！　なんだよきれいな服着てさ、一瞬分かんなかったよ！　ひさしぶりだな。いきなりどっかにいっちゃって、驚いた。それからもうチビって言わないでよ」

数ケ月ぶりに会うちびソルはルカーロと同じくらいの背丈になっており、たしかにチビではなかった。

そこに屋台の女がぶっきらぼうに言った。

「四つ買ったら四つのパンだよ。おまけなんてつけられるかい」

「えー冷めたヤツかなんかさ。つけてよ。ケチケチしないでさ。頼むよ」

「いーやだめだね。買いたい分の金を最初からお出し」

「そこを何とかさあ。ねえルカーロからも頼んでよ。いつも上手《うま》くやってくれたじゃん」

ルカーロは危うく助け船を出しかけたが、すぐに展望台へ戻らなければならないのを思い出した。

「わるい、用事があるんだ。行かなくちゃ」

立ち去ろうとした手をちびソルが摑んだ。

「ねえ、頼むよ。助けると思ってさ。ルカーロがいなくなっちゃってさ、俺たちつまんなくなってさ。同じ事しようとしてもうまくいかないし。〝アレ〟とかも試したんだけど、全然ダメなんだ。どうやってたのか教えてよ」

ルカーロは強く摑まれた腕と、ちびソルの真剣な顔と、自分を見つめるトルマスの視線を同時に感じた。

もしここで成功したら――。

トルマスはもっと自分をすごいと思うはずだ。

タイランが港から道を回って展望台に着くまで、もう少しなら猶予《ゆうよ》はある。そう考えると深呼吸をして屋台の女に話しかけた。

「そりゃおまえの言い方が失礼だよソル。この店では何時だってあつあつのパンを売るんだよ。冷めたもんなんか残しとくわけないじゃないか。揚げたてで、たっぷりきび砂糖がかかってて、それにシナモンの隠し味だ。おまけにパン生地もいいよね。ふわふわでさ、すっごい美味しいよ」

ルカーロは周りにも聞こえるような大きな声でいい、昔のように愛想のいい笑顔を屋台の主に向けた。

「おやまあ、こっちのアンタはまた口が上手いね」

女は言ったがやはりまんざらでもなさそうだった。

「これ隠し味があるよね。シナモンにもういっこなんか入ってる。んーと甘酸《あまず》っぱいような……なんだろ」

ルカーロは考えるふりをすると、女はにやにやと笑った。

これは当てても当てなくてもいい所だ。目的は相手をいい気にさせることなのだから。と、トルマスがくいくいと袖《そで》を引いた。

なんだと身体《からだ》を向けると、背伸びして耳打ちしてきた。

「リンゴのすり下ろしだよ。パンの生地にちょっぴり入ってる。前に似たの食べたことある」

ルカーロはニヤリと笑った。

「なあ、おばちゃん。当てたらおまけしてやってくれる？　こいつ昔の俺のダチなんだ」

女は少し考えてからいいようなずいた。どうせ当たるわけないけどねと笑った。

そんな相手にルカーロは身を乗り出し、こっそり言った。

「リンゴだろ？　パンの方にちょっぴり入ってる。——それでこんな美味《おい》しいんだね」

当たりのようだった。女は目を丸くし、しょうが無いねとちびソルにおまけをひとつあげるよと言った。

ルカーロが屋台から離れて階段へ歩き出すと、袋を持ったちびソルが追いかけてきた。

「ありがとうルカーロ。やっぱ頼りになるなあ。ほんとすごいよ。おれ初めて成功した」

「いいよ、いいから行けよ。それ持っててくんだろ」

「うんでも、もうひとつさ。あっちのも教えてくれよ」

ちびソルはまたルカーロの腕を強く摑んだ。

「もう本当に時間が……」

言いかけたところでうしろからすっと寄ってきた影があった。

「おい、ソル、なんだよ揉《も》めてんのか？」

ふりかえると、いつの間にか背後に複数の少年たちがいた。皆ルカーロより二、三歳年上で、覚えている限りあまりいい噂《うわさ》を聞かない連中だった。

ルカーロはとっさにトルマスをうしろに庇《かば》った。

「ちびソル、おまえ、まさかいま、こいつらとつるんでるのか？」

「そうだよ、泣き虫ソルちゃんは俺等の子分な。お、珍しいじゃん、今日はこいつちゃんと五つ買ってこれたぜ。よかったな、小遣い減らなくて」

ルカーロは眉《まゆ》をひそめた。少年たちは五人いた。パンも五つ。次々に袋から取りだしていく。当然ちびソルの分はない。

「なんだよ、その目は、なんか文句あるのか？　つーかだれだオマエ。ソルの知り合いか？」

少年のひとりがルカーロをジロジロと見る。

「む、むかし住んでたとこの友達だよ。あんまり仲良くないけど」

ちびソルがこわばった顔で言う。ところが、

「おい、こいつルカーロじゃねえか？　なあ、そうだよ間違いない。オレ見たことあるぜ。ソル公、オマエの元ボスな。なにが仲良くねーだよ、嘘つきやがって！」

「あっ」

そいつがちびソルの脚を蹴《け》った。

「よせよ！」

ルカーロが叫ぶ。その腕を少年のひとりが摑んだ。

「丁度《ちょうど》いいや。オマエに聞きたいことがあるんだ。この泣き虫ソルがずっと自慢してたやつだ。出店でおまけしてもらう方法と、あとあれだ、サイコロ賭博《とばく》。あれの巧《うま》いやり方を教えろよ。

なんかコツがあんだろ？　おまえらのグループじゃいつも成功してたって言うじゃねえか。なあ、そうだろソル！」

　またひとりがちびソルを蹴飛《けと》ばし、ちびソルはとうとう地面に倒れた。

「そ、そうだよ。ぜんぶルカーロがやってたんだ。全部知ってるよルカーロが！」

「ほーらやっぱりだ。よーし、俺たちのアジトにご招待しようぜ。じっくり教えてもらわなきゃな」

　少年たちがルカーロのもう一方の腕を掴もうとする。

　ルカーロは前にタイランに習ったとおりのことをした。自分を掴まえている少年の足を思いきり踏みつけ、掴む手が緩《ゆる》んだところで身体を突き飛ばした。

　そしてすぐに走りだす。展望台へ続く階段ではなく、他の路地へ。ひとりで。

「あっ、コノヤロウ！　待てよ！」

　少年たちがルカーロを追いかける。

　その隙《すき》を突いてトルマスも駆けだした。こちらが向かう先は階段の上、展望台だった。

　先程ちびソルが蹴られている間に素速くルカーロが指示したのだ。展望台へ行けと。トルマスはすぐにその意味を飲み込んだ。そこに護衛のタイランが到着しているはずだった。

「チッ、ひとり逃げやがった、てめえが追っとけソル！」

そんな声を聞きながらルカーロは走った。自分の愚かさを呪いながら。

年上の少年たちに追われながらも、ルカーロは十分以上逃げまわるのに成功していた。しかし身体の大きさや多勢に無勢ということもあり、徐々に追い付かれ、逃げ切れずにとうとう捕らえられてしまった。

かれらのアジトに無理矢理連れてこられ、強く背中を押されて地面に倒された。起き上がろうとしたところを前から襟元を摑まれ、引き立たされたと思えば、容赦《ようしゃ》なく頬をはられた。

痛いよりもびっくりして固まったところにもう一度、今度は反対側から殴《なぐ》られた。拳が鼻に当たり、信じられない程痛くて涙が出た。

そしてもう一撃。少年の蹴りが腹に入った。

もうひとたまりもなかった。痛みとショックのあまりその場にへたり込む。

「バーカ、オレたちに逆らうからこうなるんだよ」

「素直に教えりゃこんなコトしなかったのに」

「年上に逆らうなって分かったか」

少年たちがルカーロの頭上で嘲笑《あざわら》う。

と、そのひとりが正面に座り込み、ルカーロの頭を掴んで視線をあわせた。

「さて賢くお利口なルカーロちゃんよー。オレたちのお願い聞いてくれるよな。サイコロ賭博、どうせイカサマしてたんだろ？　均等に勝ったり負けたりなんてよー、それ以外に方法ないもんな。小細工《こざいく》して出る目を好きに変えてたんだろ。その方法教えろよ」

「…………ない」

ルカーロは涙の溜まった目で少年を見た。つっと鼻水が流れるのを感じた。気持ち悪いなと思ったら、くちびるを越えてあごからたれて服に落ちた。

真っ赤な血だった。

「あ？　声が小さくて聞こえねーよ」

「そんな、方法、ない」

「おい、ふざけんなよ⁉」

「もっぺん殴ってやろうか」

少年たちがすごんで、拳を握ってかまえる。

だがルカーロがなにも喋《しゃべ》らないでいると、それは脅しでなく実際に振り下ろされた。頭や顔や腹や――――。

「もっかい聞くぞ。サイコロにどんな細工してた。言え」

「やって、ない……なに、も……」

「てっめえ。次は指折るぞ！　どんだけ痛いか知ってるか」

少年のリーダーがルカーロの腕に手をのばす。

と、その身体がふわっと宙に浮かんだ。かと思うと地面に投げ倒された。

「え、何。だれ」

すべてを言う前に二人目が壁につきとばされる。

「おまえたちこそ、痛みを知っているのか！　ガキ共」

やって来たのはトルマスの護衛タイランだった。

ああ、助かった。

そう思ったルカーロはそのまま気を失った。

意識を飛ばす寸前、トルマス王子の自分を呼ぶ声を聞いた。こっちへ来ようとするのを抱きとめているちびソルも見えた。

ああ、やっぱり。かれがこの場所をタイランに教えてくれたんだ。

――やっぱオレのダチだ。ちびソルめ。

でかいチョンボ引いたから次はいいクジを引けよ……。

ルカーロが次に目覚めると柔らかな声の子守唄が聞こえていた。一緒に額を撫《な》でてくれる。優しい手だった。いい匂《にお》いもした。でも目が開かなかった。なにかにおおわれているようだった。

「……おかあさん……」

「目が覚めたの？　ルカーロ」

喋ったら頬《ほお》や顎《あご》やその下が痛かった。胸も痛かった。なんで痛いのかと思ったら急速に記憶が蘇《よみがえ》った。

「痛い。目の重いのどけて。お水ちょうだい。」

「沢山のんではだめよ。目のは湿布《しっぷ》だから今日一日付けていてね」

口になにか差しこまれた。母親の声ではないと気付いた。スージーの声ともちがった。でも聞き覚えはある。だとしたらこれは……。

「王妃様……!?」

「ええそうよ」

半信半疑でつぶやくと、笑い声がおきた。

「どうして……」

「預かっている親戚《しんせき》の子がケガをしたら、心配で様子を見に来るのは当たり前ですよ。私はこの女主人ですものね。それに息子を守ってくれた恩人でもあるわ」

「……トルマス王子に怪我《けが》は？」

「ないわ。元気なままよ。守ってくれたでしょ」

ルカーロはくちびるを噛《か》んだ。

「……守っていません。俺……危ない目に遭《あ》わせました。ごめんなさい。俺は失格です……」

「その事を話す前に、どうして護衛を撒《ま》いたの？」

長い沈黙の末にルカは答えた。

「俺は自慢したかったんです。王子に馬鹿にされたままでいたくなくて。ずっとそう思ってて」

「いつから？」

王妃の声が優しく聞いた。ルカーロは耐えきれなくてとうとう涙を零《こぼ》した。

「………馬車に酔うってバカみたいで格好悪いと思って、年下の王子に可哀想《かわいそう》に思われるのなんて、格好悪くて……腹が立って。オレ……それで見返したくて……バカで」

「バカじゃないわ。お兄さんの立場の男の子がそう思うのは普通よ。女の子も思うけれど男の子の方がその気持ちはずっと強いの。トルマスはよかれと思ってやったけど、あなたの自尊心を傷付けてしまったのね。わたしがもっと注意するべきだったわ」

「王妃様がそんなこと」

「ね、いまだけリーザおばさんて呼んでみて」

「できません！」

即座に叫んだら、あごが痛くて呻《うめ》いた。

「あら、私はあなたをちょっと遠い甥《おい》っ子と思っていたのに。おいたをしたらトールと一緒に耳をひっぱって叱《しか》ろうと思ったのに、そういうことをしないんだもの、がっかりしたわ。今回は怪我が治ったら力一杯しますからね。トールと一緒に」

リーザ王妃はそれは楽しそうに言った。ルカーロは叱られているはずなのに、なぜか気恥ずかしくなって身体がもぞもぞした。

「反省している？」

「はい」

「もう、護衛を撤《ま》かない？」

「はい……でももうオレ……家に返されるんじゃ」

「返しません。あなたにはねえ、立派な教育を受けて欲しいの。親戚にとても賢い子がいるって聞いてたのよ。だからここで教育を受けさせたかったの。あなたは私の夢のひとつよ。町の子供でも頭のいい子は沢山いて、その子たちは将来ウミベリにすばらしい益《えき》をもたらしてくれると、皆に教えたかったの。あなたはその素質があるわ。ワズも言っていたもの。素晴らしい魔法使い、あるいは賢人の素質があるって。だからね、あなたはトルマスの隣にいてね」

肩を優しく撫でられた。

ルカーロはベッドの中で泣きながら頷《うなず》いた。

そして王妃はもうひとつ贈り物を用意していた。

＊　＊

（……あの頃から、あまり進歩してないな）

ルカはひょろりと伸びた手足を持てあまし気味に投げ出し天井を見つめた。

トルマスはやはりあの時の自分を許してくれた。

それどころか怪我《けが》をしたルカを暇さえあれば見舞いに来た。

最初はやはりトルマスに謝られた。三回目でルカがいたたまれなくなり、代わりに楽しい話を頼んだ。それを話してくれるなら自分もあの贈り物を受けとると話して。

王妃はケガの見舞いの日、嬉しそうに言ったのだ。

『あの子はね、あなたにもトールと呼んで欲しいんですって。でも恥ずかしくて言い出せないって言うのよ！』

だからその日から呼ぶことにした。

港町につきそった教師は一回だけ見舞いに来て、厳しい顔で行動の結果と責任について話した。ルカが神妙な顔で謝って教師もそれを受け入れてお終《しま》いだった。ただ帰りがけに、大失敗もしたが肝心《かんじん》の所で間違わず王子を守ったことは立派だったと言われた。その日は誇らしくて夜もなかなか眠れなかった。ルカの身体が本調子になり再び授業を受けに行くと、この教師はやはりそっけなくお帰りと言い、それでお終いだった。

当時も今も、だれもそれ以上ルカを責めなかった。

七章　風の魔法

満月を一日過ぎて、この夜は生憎《あいにく》の曇り空だった。

だが雲の切れ目から時折うつくしい月が顔を出し、雲を照らして白く光らせるさまは素晴らしかった。そんな夜分にトルマスはミミの部屋を訪ね、夜風が気持ちがいいからとバルコニーに誘った。ミミはいつものようにトルマスに会えた喜びに瞳を輝かせて頷《うなず》いた。

トルマスの言う通り風はゆるく吹いて、夜の匂《にお》いを運んできていた。

どこか優しい夜だった。その風にふわりと包まれると、身体《からだ》中の疲れが消えていくようだった。始めは肌寒いかと思ったが、トルマスが傍《かたわ》らに来てくれると全く気にならなくなった。

「遅くにごめんね。ようやく時間が取れてこられた。手の具合はどう?」

「ありがとうございますトルマス様。薬が良く効いているみたいです」

「水ぶくれにもなってない?」

トルマスがミミの右腕を手に取り、包帯の巻かれていない手の先だけをそっと包む。

「はい。残っていた痛みも、ふしぎとさっきからどんどん引いていってます。トルマス様にお会いしたからでしょうか」

「だったら嬉しいけどね。本当に大した怪我《けが》にならずによかった。ミミがあの精霊の前に飛び出していったときは心臓が止まるかと思った」

「ごめんなさい。でも、あの方を帰してしまったらレイス様が悲しむと思ったら夢中で。危険だとは思っていなくて……。ご心配をかけました」

「うん。とっても心配した。自分が情けなくなった」

「なぜトルマス様が？」

「ミミより先に出られなかったし、火傷《やけど》を負わせてしまったから」

「だってこれはわたしが勝手に……あ……」

トルマスはミミの手を掲げて指先にやさしく口くちづけた。それも二度も。

「ミミはもう、あんな危ないことはしちゃだめだよ。ああいうのは僕の役目だから、ミミは頼むだけでいいんだ」

「それではトルマス様が危ない目に遭《あ》ってしまいます。だめです。わたしが困ります」

ミミが真剣な顔で首を振る。トルマスは一昨日の会話を思い出して笑った。

「つい最近も同じこと話さなかったっけ」

「そうでした。わたしたち、お互い見張り合いっこしそうですね。怪我をしないように」

軽やかな声で笑うミミをトルマスは優しい目で見つめた。

遅い時間だったのであまり長居はせずにトルマスはミミの部屋を出た。

自分の部屋へ戻る途中、遠回りをして月のよく見えるバルコニーから外へ出る。あいにく月は雲に隠れていくところだったが、その寸前にトルマスは見た。ここから見える温室の屋根の上にレイスがいるところを。

トルマスはしばらく夜風の持ってくるものを楽しみ、温室に向かって挨拶《あいさつ》をするように手をあげ、ありがとうとつぶやいた。それに温室の人物が応えたかどうかは、トルマスの目ではわからなかった。


夜が明けて。

レイスが温室に籠《こ》もるようになって四日目。

この日ウミベリ王宮に来た精霊は前日の半分以下だった。ベラテニアの伝言の取り消しが成果を上げている証拠だった。

アーウィンは律儀《りちぎ》に顔を出してくれたが、昼になり精霊の訪問数ももう増えないだろうと見越したルカは、午後からの手伝いを辞退した。アーウィンは申し出を断らなかったが、テーブルを立ったもののすぐには帰らず、この日中庭にきた七組の精霊たちと長いこと話をしていた。午後も半ばすぎになって、ようやく気がすんだのか温室のレイスにも挨拶しに行き、ようやく帰っていった。

なんの問題もなくこの日は過ぎて、翌五日目。精霊の数はさらに少なくなった。馬の姿の大地の精霊と水しぶきのドレスをまとった人魚の代表と蝶々《ちょうちょう》の羽根を持つ風の精霊の集団と、炎を身にまとった狼だった。

このどちらの日もルカはきっちりと仕事をこなした。早朝は厨房《ちゅうぼう》でミミの内緒のおやつ作りに手を貸し、日中は中庭で何時《いつ》やってくるかわからない精霊たちを待って受付と取り次ぎ業務をこなし、空いた時間で侍従長《じじゅうちょう》の書きものを読んだ。だが、ページをめくる手はたびたび止まり、ただ考えごとをしているだけの時間も多かった。そのゆえにルカは気づけなかった。五日目、初顔合わせのはずの精霊たちが中庭の一ヶ所に集まり、ずっと話をしながらひとつの作業に熱中していることに。

そして六日目。

トルマスの約束した試験を翌日に控えたこの日、やって来た精霊はたったひとりだった。

七歳くらいの子供の姿をした大地の精霊で、中庭に現れるときょろきょろとまわりを見回し、ルカを見つけて駆け足でやって来た。途中で一度派手に転んで、ルカは思わず椅子《いす》から立ち上がったが、精霊はそのままでんぐり返しをしてぴょこんと起き上がった。言ってはなんだが、転び慣れているようだった。

「こんにちは。今日来たのは僕ひとりですか？」

「こんにちは。ああ、そうだよ。きみひとりだ。だからすぐに風龍《ふうりゅう》殿に会えるよ」

ルカが言ったが精霊はなにやら考えこむように下を向いた。

温室の手前まで案内して、ルカは扉を指し示した。ひとりで扉を開けて精霊は中へ入った。ルカがレイスと直接会わないのは前と一緒だったが、あれ以来、レイスの姿を見ることさえ避けていた。

「こんにちは、風龍様。僕は大地の精霊でターダルって呼ばれてます」

温室の中へ入った精霊はレイスのもとへ行くとぺこりと頭を下げた。

その時レイスはじょうろを使って植物に水をやっていた。昨日今日とやってくる精霊が激減し暇を持てあましていたのだ。ついでに空中に風の精霊のシーラもいて植物の葉を揺らしてさざ波のような音を立てていたが、レイスの客となる精霊が来たとわかると急いで外へ出て行った。

「よう、こんにちは。テーブルにいくか？　それとも……おたくの場合はその辺に座った方がよさそうか。大地の精霊だもんな」

レイスは陽気に言うとじょうろをその場におき、温室の植物の根を踏まないあたりを選んで腰をおろした。精霊もそれにならってちょこんと座る。

「で、名乗ってもらったのにすまねえけど、すぐにはどこのことだったか思い出せない。もうすこし詳しく聞いていいか？」

「はい。でもその前にひとつ。……ひょっとして僕、来たのは間違いでしたか？」

「へ？」

ターダルと名乗った精霊は視線を落としてもじもじと言った。

「そのう、噂《うわさ》はふたつ届いたんです。風龍様の所に行けって伝言と、間違いだから行っちゃダメって伝言が。僕、どちらが本当かわからなくて悩んだんですけど、もしも間違いだったらそのまま帰ればいいやって思って、念のために来てみたんです。だけどさっき中庭に僕しか来てなかったから、多分間違いだったんですよね。………出直します。帰ります」

ハアとため息をつき、ぴょこんと立ち上がると精霊はレイスに頭を下げ回れ右した。

「わああ、待った待った。せっかく来てくれたんだから帰るな。謝らせろ。来てくれてありがとう、嬉しいって」

レイスはあわてて精霊の服を摑《つか》んで引き留めた。どうも今まで来た連中とは勝手が違った。

精霊はレイスにひっぱられてころんとうしろに尻餅《しりもち》をつき、そのままでんぐり返しをしてニコニコと笑った。

「なんだかおかしいですね。風龍様、いま僕に謝るんじゃなくお礼を言ったよ」

「あっそういやそうか。なんかおかしいな。――で？　迷ったのにどうして来ようと思ったんだ」

レイスは最近では珍しいくらい伸びやかな気持ちで聞いた。

「最初に伝わって来た方の言葉が、すごく熱心に風龍様のことを伝えてたからです。いまはもう悪戯《いたずら》はすっかりやめて、反省してあちこち謝りに行っているって。伝言を回した人が風龍様のことを助けたいのがわかりました。だから僕のことなんかもう覚えてないかもと思ったけど、来ました。守龍になるためには悪戯を謝り終えなくちゃいけないって聞いて、もし僕でもお役に立てるならって。あの時のことを思い出すと……まだつらいけど。なにかしてあげたくなっちゃったんだ。……です」

精霊は照れたように笑い、レイスは目を丸くした。

「なにかって……。だっておまえ、オレのほうが……」

自分が謝る立場だ。してあげる――謝らせてもらう立場だ。それなのにこの大地の精霊はどれだけお人好《ひとよ》しなのだろうと。そう思って、レイスは胸にこみ上げてくるものが大きすぎて、誤魔化《ごまか》すように髪をかきあげた。

「ここんとこずーっと精霊たちに会ってるけど、そんな風に言うヤツは初めてだよタータル」

「他の人もやっぱり来てたんですか？」

「ああ。一昨日くらいまでわんさと」

「はあ……。やっぱり僕は鈍《どん》くさいなあ。いっつもこうだ……。そうだ、もしかして来ませんでしたか⁉」

落ち込んだと思ったらまたすぐに頭を上げて精霊は聞いた。

「僕のずっと昔の友達なんです。あれから顔を見るのがつらくて会ってなくて。あの、水の精霊なんです。僕たち滝を作ったんです。虹の見える滝を」

この言葉でレイスはすべて思い出した。かれと彼女のつくった滝の水を自分は面白がって竜巻を起こし、何度も、遊んだ。

「――かあああああーっ！」

自分の頭を抱えてレイスは喚《わめ》いた。

馬鹿だ。本気で自分は馬鹿だと思った。大馬鹿だ。

「ど、どうしました⁉　僕なにか……」

「いやっ違うんだ。おたくのせいじゃねえ。自分が……情けなくて」

そうだ、情けないのだ。子供とはいえ何もわからなかった自分が、情けなくて恥ずかしくて本気で怒鳴りつけてやりたかった。

もし自分が大事な友達、トールと一緒に作った温室やらなにやらを壊されたら、どう思うだろうか。この精霊のように振る舞えるだろうか。きちんと謝る前から思いやりある態度を示せるだろうか。

レイスは目の前のちいさな精霊を見た。ふと、この精霊とは友達になってまた会いたいなと思った。格別親切にしたいなと思った。

そうなるためにも、まずはしなくてはならないことがある。

レイスは精霊の顔をまっすぐにみつめた。

「あのときはごめんな。オレは人の大事な物ってのをよくわからずに、壊して遊んでて最低だった。悪かった……」

一時間後、レイスは大地の精霊の手を取り、シーラにだけ行き先を告げて遥《はる》か遠い場所へと魔法で飛んだ。

そこは小さな隠れ谷だった。川の支流が流れて滝を作り、太陽が当たると水しぶきで虹が見えた。岩場にはベルベットのような緑の苔《こけ》が生えて、さらに小さな花を咲かせていた。滝の主は、レイスと一緒にきた精霊を見てその場に立ち尽くした。けれどすぐに走ってきて、レイスの連れも二呼吸ほども遅れて駆けだした。途中で一度転んででんぐり返しし、起きたところを水の精霊に摑まえられて抱きしめられ、叩かれ、また抱きしめられていた。

レイスは精霊ふたりに丁寧《ていねい》にさよならを言って、ふたりから王子と一緒に遊びにおいでと招待されて、手を振って別れた。


その夜、温室の屋上で夜空を見ながらレイスは思った。

自分はトルマスのことが大好きで、それは揺るぎない想いだけれど、果たしてウミベリの王子であるトルマスをちゃんと支えられるのかと。支えてこられたのかと。

ルカは再会したとたん、難癖《なんくせ》つけて嚙《か》みついてきたと思ったが、それほど間違っていなかったかもしれない。龍に必要な〝高潔さ優雅さ。思慮《しりよ》深さ広い心。そして賢さ〟。自分はどれかひとつでも足りているのだろうか。

「やべー自信ねー」

深いため息をついて温室の上に寝転がる。

龍が来れば。守龍を持てばそれで安泰《あんたい》。人間は守龍を無条件で喜ぶ。レイスは昔確かにそう思っていた。それでトルマスにも怒られたことがある。この国を愛していないような守龍はいらないと。ルカも方向は違うが似たことを言っている気がした。

トルマスが大好きで、だがそれだけでは埋まらない、なにか……。

「レイス、わざわざこんな暗いところで読まなくてもいいのに」

シーラが隣にふわりと降り立ち、傍《かたわ》らにおいてあった本を見て呆《あき》れる。ミズベ国王の伝記からウミベリの歴史書、だれから借りて来たのかトルマス王子の成長記録まである。

「いまさら試験勉強？」

「んーまあ、やらないよりかいいし、オレもちょっと知っておきたかったからさ。この国の過去のこととか」

シーラは目を丸くした。おおよそレイスらしくない発言だった。だが驚くのは早かった。レイスはさらにこんなことを言ったのだ。

「なあシーラ、もしかしたらオレ、明日の勝負で負けてお払い箱にされるかもしんねー」

「ちょっと、どうしちゃったのレイス」

「でもさ、そうなっても……オレもう一度、トルマスに守龍に選んでもらいたい。もらうようにする」

「レイス……」

「もちろんすぐには無理だろうから、この国を出て悪戯した先を回って全部謝って、ついでに品格修行みたいなのもしてさ。そういうのについてきてくれっか、シーラ」

レイスは傍らのシーラを仰《あお》ぎ見た。シーラは潤《うる》んだ目でレイスの腕をペチペチ叩いた。

「ばかねえ、当然じゃないの。レイスってほんとバーカ。ずっと一緒よ？」

「ありがとなシーラ」

レイスは満足げに笑みをうかべて、静かに歌を口ずさんだ。

それと全く同じ頃。

ルカは溜まっていた本来の魔法使い業務をこなして、夜遅く身体を引きずるようにして自室に帰った。ベッドを見てふらふらと倒れ込みたくなったが、そこを踏み止《とど》まり、抱えていた本をテーブルに置くと、クローゼットから厚手の外出用マントを取りだした。それを片腕にかけてランプを持ち、もう一度ベッドに未練がましく目を向けたが自分を叱咤《しった》し、部屋から出た。

王宮の廊下《ろうか》を複雑に回って長い階段を上り、ルカは尖塔《せんとう》のバルコニーに出た。

夜風がルカの上着の裾《すそ》をはためかせた。巻き毛の頭をあちこちひっぱって散々な髪型にもしてくれる。それを除けるためにルカはマントを着てフードもかぶった。

バルコニーからは遠くに港町イトルの灯りが見える。さらにその先は暗い海が広がっている。

本当に真っ暗闇だ。夜あの海に出た者は知っている。港町イトルの灯りがどれ程心強いのか。

ルカは身体の向きを変えて視線をもっと近いところに移した。温室の屋根の上に。

そこには風龍レイスとシーラの姿がある。かれの周りに魔法が満ちており、ちょっとした魔法を使うとそれが見えるのだ。レイスは小さな声で歌っていた。癒《い》やしの歌だ。ミミ王女のために火傷《やけど》を負った夜から毎晩歌っているのをルカは知っていた。

それをこの場所で聞くのがルカの日課になっている。

レイスの歌によって、ミミだけでなく城中の者が安らかに眠れているだろう時間に、ルカだけは起きていた。と、風向きが変わり、レイスの歌が王宮から遠のいた。ルカは魔法を使い、王宮の周りの風の流れを整え、歌が風に乗り再びミミ王女の部屋へ届きやすいようにした。それを見届けてバルコニーに背中を預けてずるずると座り込んだ。疲れているせいもあるが、座っていないとランプの光が漏《も》れて居場所がばれてしまうからだ。

ルカは頭の一部で風向きに注意しつつ読みさしの侍従長の記録をめくっていった。

だが、それがふと止まりがちになるのは昼間と一緒だった。ある疑問がつねに心に存在するからだ。

トルマスにとって、本当に必要なのはどちらだろうか。

あの時。ミミ王女に火傷を負わせたまま、立ち去ろうとする炎の精霊を呼び止めた。頭に血が上ってた。冷静に考えれば無謀《むぼう》だったのではないか。自分ひとりが挑んで負けるならいざ知らず、あそこにはトルマスもミミもいた。ウミベリの将来を担《にな》う大切な王子と婚約者が。レイスのことをなじったが、ふたりを危険な目に遭《あ》わせたのは自分も一緒なのだ。しかも得意とした水の防御魔法は破れてしまった。自分の浅知恵といらぬプライドが露呈《ろてい》した瞬間だった。

「この国に、本当に必要なのはどちらなのか、かあ……。自分がいなくてもワズ様いるしなあ。師匠《ししょう》が死ぬまでに修業し直してくる、って手もあるか。……行くとしたら青の宝国。風の守護龍のいるところ……」

自分の師匠に限りなく無礼な発言をし、ルカは更けていく夜空にため息をついた。

そして七日目の朝が明けた。


〝この日昼になっても精霊が現れなかったら中庭にて勝負をする〟

トルマスはレイスとルカにそう伝言をあたえていた。

あらかじめ立会人にと頼んでいたワズとミミもお昼前に中庭に姿を現していた。呼んではいないがアーウィンも来ていた。

「ワズから聞いてね。こんな勝負を見逃すわけにはいかないだろう？　まあ風龍君が暴れた場合には私ぐらいのものがいなければね」

野次馬《やじうま》根性らしかったが、半分は心配して来ているらしかった。

ついでルカが現れてアーウィンに軽く会釈《えしやく》した後、だれかと話すこともなく中庭の端に立った。レイスが温室からやって来たのはさらに数分後で、ルカと反対の端に立つと持った本に視線を落とした。表紙に海と男の子とクジラが描かれた、ウミベリの子供たちに今でも人気の絵本だった。

「レイス、だいじょうぶかしら……」

シーラは温室の屋上からレイスを見送った。

心情はもちろんレイスの味方で勝ってほしかったが、その結果としてルカが王宮を出て行ったら、レイスも心穏やかではいられないだろう。トルマスも落ち込むだろう。

(もう……そんなことにならないよう、なんとかお願いしますからねトルマス様)

若い王子に祈って、シーラは自分のもうひとつの役目をこなしに王宮へ向かった。

いよいよ昼になり、皆が幾ばくか緊張して見守ったが、新しい精霊は来なかった。トルマスは勝負の決行を宣言した。

「本日昼までにレイスに会いに来る精霊は現れなかった。かねてからの申し渡し通り、勝負をはじめようと思う。でもその前に。レイス、一週間ご苦労だったね。みんな欲しいものを手に入れて帰った?」

「ああ、一応やってきた精霊は納得して帰った。約一名があれだったけど」

うっすらと疲労の残る顔でレイスは言った。と、ルカがなにか言いたげにレイスを見る。

「ああ？　なんだよ。文句あるならいまのうちに言っとけ。もう聞けなくなるかもしんねーからなあ」

ルカは正面を向いてため息をついた。

「いまさら言う事はない。さあトール、出題を」

「あっ。そういう相手にしてられないって態度のほうがタチ悪いんだよ。おまえますますいやなヤツになったな。いいか、万が一――」

「ふたりとも、そこまで。ケンカしたら失格って言ってあるはずだよ」

「ケンカはしてないよ、トール。少なくとも私はね」

「オレだってそうだ」

素っ気ない口調のルカにレイスもムスッと応える。

このとき、真っ先にアーウィンが動いた。

続いてレイスもルカもそしてワズも反応した。

中庭に強い魔法の力が現れ、炎をまき散らしたのだ。

「危ない！」

だれの叫び声だったのか。

トルマスはミミ王女の元へ駆けより、ルカとワズはその前に立って杖を防御の形に構えた。

（またアイツか——!?）

レイスもルカも同じことを思った。レイスに敵対し、ミミに火傷を負わせた非常に強い力を持つ炎の精霊が再び襲来したのだと。それはあながち間違っていないようだった。中庭の一角からだけではなく、いたるところで炎が噴き出し、のたうち、蛇のようになって一斉にトルマスたちに向かってきた。トルマスがミミを胸の中に抱きしめる。

「ルカ、ワズ！　オレが大元を絶つ。その間トールとミミを守ってろ！」

レイスが飛び出していく。ワズはすぐさま風の魔法陣で防御の結界《けっかい》を敷いた。炎は一旦はじかれたがこりずにまたやって来た。その横でルカは二重に水の魔法陣を敷こうとしたが——。

「邪魔だ！　わしのに合わせて支えろ。風をつかえ！」

ワズが怒鳴った。水の力が風の力を損《そこ》なうために言ったのだ。

「師匠、風の一重防御よりも二重にした方が」

「それで破られただろうが！」

「……。でも、私は水の魔法を」

ワズは鼻先で笑った。

「嘘はバレると言うただろう、馬鹿弟子め。ごちゃごちゃぬかしとると暇はないぞ、また来た」

ワズの言う通り、今度は倍の数の炎の蛇が襲ってくる。

ルカが再度杖《つえ》を構える。

「ええい、力をかりるぞー！」

その言葉は、なぜかレイスに届いた。

レイスは肩越しにチラリと視線をよこし、笑った。

風が渦巻《うずま》いた。

ルカの杖から強い力が発動してワズの防御の結界を強く支え、より強固におおい、さらに触れた炎の蛇に嚙《か》みつくようにして寸断し、消していった。

荒削《あらけず》りだが非常に強い力だった。けれど、反動がルカを襲った。

パンパンと空気が鳴り、ルカの周りで破裂する。服が裂けて露出している腕や頰《ほお》の皮膚《ひふ》も切った。

（いってぇ。クソッ、こっちをさぼってたから制御が甘い――）

それでもルカが一瞬も怯まないのをレイスは知っていた。風の力がすべて伝えてくれるのだ。

おかしくて嬉しくなった。

（なんだあいつ。水より風のが全然強いじゃんか。力を借りるだって？　ばーか、いくらでも貸してやるよ。こんな気持ちのいい風を持ってるなら――）

炎の大元を探り当てたレイスは、そこを包み込むように風を操った。魔力の供給源を断てば炎はすべて止まるはずだった。現に炎は風の盾に合わせて見る見る小さくなっていく。

「あれっ？」

唐突《とうとつ》に手応えが消えた。中庭中から炎の蛇が消えた。

ルカやワズも杖を構えたままキョロキョロとする。

「どうしたの」

トルマスも魔法使いたちの戸惑ったようすに、ミミをきつく抱いていた腕をほどく。

と、中庭中から軽やかなベルが鳴り、ぽーんと花火があがった。

頭上で弾け色とりどりの花びらを降らせてくる。

トルマスたちは呆気《あっけ》にとられて周りを見た。花火は後から後から放たれて、花びらや銀の鈴や、きれいなリボンや貝殻《かいがら》やビー玉や、ともかくキラキラしたものを皆の上に落とした。

そして、都合がいいことに、それらは身体に当たったり地面に当たると淡雪のように消えていった。

すべて魔法でできた幻だった。

「まあ、キレイ……なんでしょうこれ」

まずは女性のミミが反応した。まったく危険の無い物と判断して、両手を開いて受け止め、消える前にとトルマスの身体にかける。

男たちはまだ呆気にとられていたが、その中で端に控えたアーウィンだけが余裕の表情で立っているのにレイスが気付いた。

「……よーアーウィンさん？　これ仕掛けたのあんたか？」

「私だけの手柄ではないよ。四日目以降に集まった精霊たち皆の合わせ技だ」

まったく悪びれずアーウィンが答えた。

「あんたなあ！　なんでこんなこと！」

「解除の鍵《かぎ》は、風の魔法だ」

つっかかってくるレイスにアーウィンが言う。

「そこの魔法使い君が意地を張らずに風の魔法を使って、さらにきみが力を貸す。そうなれば収まるように仕組んだ。なお、この計画を立てた立役者は私と、そこの老獪《ろうかい》なる魔法使いだ」

「ほ、老獪とはまた言ってくれますなあ。私は主の願いに添っただけです。トルマス様の、ふたりの仲をどうにかしたいという切なる願いに」

答えたのはもちろん、ウミベリの主席魔法使いワズだった。

「さて、トルマス様。勝負の結果ですが。立会人の私の見たところ、なんというか、今までの積み重ねからも鑑《かんが》みるに、残念ながら三人とも——」

「は？　師匠、三人とは？」

ルカがきょとんとする横でトルマスは答えた。

「わかってるよワズ。今回、勝負なんて決めた僕ごと、そう僕ら三人とも」

失格――――！

トルマスの声が中庭に響いた。

終章

三人とも失格。

本気で驚くレイスとルカに、トルマスはばつの悪い顔で続けた。

「ぼくはさ、勝負って言いつつ、ずるい出題しようと思ってたんだ。『僕のことを理解するってことは、僕が大事にしているきみたち、レイスやルカの真価をお互いに理解することでもある』ってね。でも、問題の解決方法が間違ってみたいだ。僕に言われてじゃなく、自主的にわからないといけなかったんでしょ、ワズ」

「まあそういうことです。それにこの極めて意地っ張りなふたりには、頭よりも身体《からだ》で覚える方が早いと思いましてな」

「身体って、どういう意味です師匠」

ルカが納得いかない表情で尋ねる。

「おまえと風龍様が身体と言ったら魔法に決まっておろう、馬鹿者。毎夜毎夜ミミ王女のために風龍様が癒《い》やしの歌を歌い、それを知ったおまえは律儀《りちぎ》にも、さあミミ王女の元へ届けーと風を操っておった。そういうことを、わしが気付かんとでも思ったか。王宮中の魔法使いが知っておったわい。もちろん風龍様もな」

ルカはぱかっと口を開け、だんだん顔を真っ赤にしていき、最後にレイスを見た。レイスは拗《す》ねた顔でそっぽを向きながらうなずいた。

行儀《ぎょうぎ》よく邪魔にならない場所で話を聞いていたミミはレイスの心遣いに感謝をし、王宮をふりかえってある合図を送った。

ワズの話は続いた。

「ま、風龍様も、それに気付いて放っておかれたのだから、お互い様。自分の魔法にルカが干《かん》渉《しょう》してきても嫌ではないらしいとわかって、その日のうちにこちらのお方と計画を練《ね》ったわけじゃ。なあ？」

話を振られてアーウィンが続ける。

「まずは互いに、相手の力を認めていることを、自他共に認めるというところから始まると思ってね。さあ、一目置いていることを認めたまえ。でないときみたちの大切な王子が気を揉《も》んで、いま以上に食欲をなくして胃を痛めるぞ」

「えっ、そうだったのかトール！」

「そういえばすこし痩《や》せてる、トール！」

レイスとルカがトールの前へ来て心配そうに見つめる。

「今のはちょっと大げさだけど、気は揉んだよ。えーと、病気を盾に取るようで気が引けるけど、お互いに一目置いてる？　それがわかると僕も安心なんだけど」

風龍と若い魔法使いは顔を見合わせた。最初に口を開いたのルカだった。

「認める。トールのためだし。認める。本当は会った時からわかってた。頭悪くてガサツだけど優しい気持ちを持ってるのは。でも……龍だから、なにも敵《かな》うところはなくて、それなのに嫉妬《しっと》したんだ。自分とだけ仲の良かったトールを取られるって。でももうそういう子供っぽいのとはお別れだ」

レイスも真摯《しんし》なまなざしでトルマスを見た。

「オレもこのルカには一目置いてる。オレにこんな風に意見言ってくるヤツはいねえ。貴重な言葉になると思う。現に今回も色々考えさせられた。そんな風に思える人間は滅多《めった》にいない」

ふたりの言葉を聞き、トルマスはにっこり笑った。

「ようし、これにて勝負は無効。条件も無効！　いまより僕はふたりと好きなときに好きなだけ話をする。……もうさ、ずっと話せなくてほんとうに寂しかったんだよ」

「トール……！」

じわっとルカの目に涙が浮かんだ。肩を抱こうと手をのばす。だが
「トールぅぅー！　ごめんー！　オレ、本当にごめん」

派手に叫んで抱きついたのはレイスだった。

手を出したまま、はたと固まったルカに、トルマスは苦笑しつつもう片方の手を差し出した。

三人の周りを、優しい海風がそよいでいた。


「さ、すべてよしになったところで、みんなお茶よ～」

頃合いを見計らい、王宮からシーラがふわりと飛んできていた。手にバスケットをふたつ持ってきている。ミミから頼まれた仕事だ。

全員で中庭の東屋《あずまや》に移動して、ミミはバスケットを受けとってテーブルに置いた。

「ありがとうシーラ。トルマス様、みんな、今日はお祝いになると思ってこれを用意していたの。わたしの国白蓮《びやくれん》で、夏のご馳走《ちそう》として食べられている氷のお菓子です」

ミミは一つ目のバスケットから、まずはいつものお茶のセットを取りだした。そしてもうひ

とつからはというと――。

「わたしの手作りなんですトルマス様。ルカさんにも氷の魔法で協力してもらって完成しました」

ミミが取りだしたのは、ガラスのカップに入れられた色とりどりのシャーベットだった。

一番下に濃い青色の層、その上にはほんのりクリーム色の厚めの層、三番目はうつくしい赤紫の色だった。

「国では雪の白と夏の緑と太陽の赤色のシャーベットを重ねてましたけど、ウミベリには青がふさわしいと思って。海の青と、レイス様の紫の瞳を思って赤みの強い紫とそれから波打ち際の白です」

だがシャーベットにはもう一層色がついていた。トルマスがコップを目の高さに掲げてじっくり鑑賞しながら尋ねる。

「とってもきれいだね。ありがとうミミ。手の冷たかった謎《なぞ》がこれでとけたよ。でもこの緑色はなにを表してるの?」

するとミミはにっこり笑ってバスケットの底に敷いてあった布を持って広げた。

「それはこれからです」

ミミが出したのは緑の小さなケープだった。

トルマスとルカが同時にアッという。

「学友ケープ」

「はい。おふたりの友情の記念品だとリーザ王妃様から教えていただきました」

ルカがもう一度シャーベットの入ったコップを見つめる。その頬は紅潮し、瞳も嬉しそうにキラキラさせ、まるで小さな子供のようだった。

「オレは？　ミミ、オレにはなんかそーいうのないの？」

レイスが身を乗り出してミミに聞く。

「えっと、あの………」

「こらこら風龍殿、ミミ王女を困らせるな。ほら、海と白い砂浜で、トールと初めて会った時の記念でいいんじゃないか」

ルカが余裕の笑みで言う。

「ちげーだろ。それはウミベリの象徴で、オレとトールのじゃねーし」

「意外に嫉妬《しっと》深いな。トールやっぱり守龍の件は一度白紙に戻して……」

「おいおい、コラコラ？　蒸し返してんじゃねーぞルカ？」

「だいじょうぶ。トールなら今から新しい守龍を探しにいっても十分間に合う」

「きっぱり言ってんじゃねーよ。だったら人間の魔法使いの方がざらにいるだろ！」

「いやいや、私は〝幼なじみで魔法使い〟だからな。替えはきかん」

「てっめ知らないだろうがな、俺は時間とか、こー」

言いあうふたりの横でトルマスは、どうしてこのふたりは穏やかに仲良く出来ないのかなあと苦笑した。

まあ穏やかでなくとも、楽しそうだけれど……。

「ハイハイそこまで」

シーラがふたりの顔の間でパンと手を打った。

「もう、早く食べないと、溶けちゃうわよ⁉　シャーベットなんだし」

そうだった！　と、全員慌《あわ》ててスプーンを手にする。

ミミは満面の笑顔で言った。

「どうぞ、召し上がれ」

「いただきます」

ミミのシャーベットを皆がそろって口に入れた。

甘くて酸《す》っぱくて冷たくて美味《おい》しくて。

とても素敵な午後だった。


（終わり）

外伝　秘密の島のヒミツの話

一章　はじまり

夏の到来を感じさせるある日、トルマスは言った。

「レイス、お願いがあるんだ。十年前にきみと出会ったあの場所、秘密の島へ行きたいんだ」

言われたのは押しかけ守龍《しゅりゅう》見習いレイスフォールだ。

「はあ？　秘密の島？　またなんだってあんなとこ行きてえのトール」

見目麗《うるわ》しい人間の姿の風龍《ふうりゅう》レイスは、少々クセのある豪華な金髪を面倒そうにかきあげる。

秘密の島とは、トルマスが言う通り、十年前にふたりが出会った場所だった。

トルマスは八歳の子供で、南海で嵐に遭《あ》い、船から放り出されてその島に流れ着いた。一方レイスはその島に三年間ひとりきりで住んでいた。あまりの悪戯《いたずら》ぶりに、親の風龍にお仕置きとして閉じこめられていたのだ。

人間だったら物置やクローゼットが相場だが、島ひとつを子供のお仕置き場にするあたり、さすがは龍族といいえなくもない。

「僕が行きたいんじゃなくてミミ王女なんだ。一度見てみたいって。僕とレイスの出逢《であ》いの話を聞いてから、ずっと思っていたんだって。でもそうか、レイスにとってはいい思い出のない場所だっけ」

トールがうーんと顎《あご》に手をあてる。

ミミ王女はトルマスの婚約者の少女だ。ウミベリの遙《はる》か北、白蓮《びやくれん》国から輿《こし》入《い》れのためにやって来ており、トルマスのことを心から慕《した》っている。その健気《けなげ》さは風龍レイスも大変気に入っているところだ。

「あー、いやまあ……よくはねぇけど、トールとはあそこで会ったからなあ。別に悪いばっかじゃないし。連れていってもいいけどさ」

「本当？　じゃあさ、まず一度僕らだけで下見に行くのはどうかな。あんまり危ないところに彼女を連れて行きたくないし」

トルマスが言い、レイスももっともだと思った。よってふたりはこの日の午後、だれにも言わずこっそりと南の島へ出かけた。龍の魔法で一瞬のうちに移動をして。風の精霊シーラにさえも言わずに。

この気軽な思いつきが、まさかあんな事態になろうとは――。レイスもトルマスも想像だにしなかった。

二章　秘密の島ふたたび

島に着いたトルマスとレイスは惨状《さんじょう》に愕然《がくぜん》とした。

「うわ……これはひどいね」

「嵐が直撃してったみてーだな。あー、足もと気をつけろよトール」

ふたりは流木が多く打ち上げられている海岸を歩いていた。

この島は中央に丘を抱える構造で、ほぼ熱帯そのままの大きな葉の植物が生い茂っていた。具体的に言えば椰子《やし》の木やバナナ、キョウチクトウに一日しか咲かない鮮やかな色のハイビスカスなどだ。その中のいくつかは、子供のトルマスを助けてくれた馴染《なじ》みの植物だ。しかし、ふたたび訪れた島は、記憶とはずいぶん違った。レイスの言った通り大きな嵐が島を直撃したようだった。暴風と大雨で木々の葉や枝は飛び散り、丘の端々は何カ所も崩れて黒々とした土をさらけ出していた。

鳥たちは島の中で変わらずさえずっていたが、地面にはかれらの仲間が何羽か横たわっているのを見つけた。

「ここにミミを連れてくる気にはならないな」

そのままにしておくのも忍びなく、何羽かをまだ湿った土の中に埋めてトルマスは言った。

「忘れてたけど、この島嵐の通り道なんだよな。シーズン終わるのはあと一月《ひとつき》くらいか」

「そっか……。真夏になっちゃうなあ」

「真夏にこの島は結構キツイぞ。ミミは寒いところに住んでたんだしよ。さすがに無理じゃねー？」

「うん……」

ミミの生国、白蓮国《びゃくれん》はウミベリとは真逆の気候だ。冬はうんと長く、雪に埋もれる時期も長い。春と夏はいっぺんに来て嵐のように去って行く。夏の暑さもウミベリの初夏の頃とおなじという。暑くて湿気ってうんざりするようなことはないらしい。ミミが結婚式のかなり前からウミベリに来ているのは、その気候に慣れて重要な式典である結婚式近辺で体調を崩さないようにとの配慮《はいりょ》からだ。

「それにその頃は結婚式の準備も本格的に始まるだろうから、ミミの時間もとれないだろうね。仕方ない、当分延期にするか。連れてきてあげたかったな」

残念そうにため息をつくトルマスにレイスは妙案《みょうあん》を思いついた。

「なあ、今の島がダメならよ、別の時期の島につれてくりゃいいんじゃねえ?」

「うん、だから秋か冬になったらって……。そうじゃなくて?」

レイスのふくみのある顔つきを見て聞き直す。

「トール、この島のいい時季は春の初めだ。海も穏やかで、陽射しもきつくない頃だ」

「そりゃ、それが理想的だけど。来年まで待てってこと?」

「いやいや、違うんだなー。俺が風龍だって忘れてねえ?」

レイスは自分の胸を指さし、得意そうに言う。

「忘れちゃいないけど……」

何が言いたいのだろうとトルマスは首を傾《かし》げる。

「まあ説明するより実際見る方が早いか。トール、俺の腕を握れ。離すなよ!」

レイスは自分の守護する王子を抱きかかえると足元に風の魔法陣を呼んだ。

トルマスは身体《からだ》を揺さぶるような風の力を感じ、慌ててレイスの腕をギュッと摑《つか》んだ。

ゴウゴウと唸《うな》る風が周囲を取り巻いていく。それがどんどん強くなり、おまけに視界が揺れだして気持ちが悪くなった。

「レイス!? これ、いつもの魔法の移動じゃ、ない――」

トルマスが長身のレイスの顔を見あげると、風龍はにんまりと笑った。

（しまった、やられた！）

トルマスはとっさにそう感じた。

いまの顔はレイスがトルマスに内緒で、何かとんでもない悪戯《いたずら》を仕掛けるとき、必ず見せる笑みだったのだ。しかもそういうときに限ってレイスは生き生きと輝いて見えた。

（ああもう、始末が悪いよ、うちの守龍は……）

トルマスは最後にそう思って気を失った。


「……トール……トール？」

ぼんやりと覚せいしはじめたトルマスの耳に、心配そうなレイスの声がすべりこんできた。

「だいじょうぶかトール。どっかつらいとこあるか？」

あまりに心配そうなのでトルマスはだいじょうぶだと早く言ってやりたくて、自分の意識を励《はげ》ましつつ目を開けた。

「だいじょうぶ……レイス。……いや、ちょっと頭痛い」

「トール！　よかった。頭が痛いって？　どれくらいひどい」

「んと……動かすと、ガツンて殴《なぐ》られる気がする」

トルマスは唸《うな》るように言った。

「気圧と時間軸《じく》の変化だ。癒《い》やしの歌を歌ってあげるといい」

レイス以外の声が響き、トルマスはハッと目を開いて身体《からだ》を起こそうとした。直後に、強い頭痛に襲われて身体を丸めて呻《うめ》いた。

「はい、はい。動くなってのトール」

レイスの手がトルマスの頭に置かれて優しく撫《な》でた。その上からは信じられない程うつくしい旋律《せんりつ》が聞こえてきた。レイスが歌っているのだ。

歌詞は聴き取れなかったけれど、優しいメロディとやわらかい言葉と声に、トルマスの頭からじょじょに痛みが引いていった。ある程度我慢できるようになるとトルマスは目を開け、おそるおそる身体を起こした。

「レイスは歌やめないで続けて。まだ痛いよ」

これくらい要求してもいいだろうと歌をせがみ、トルマスはさっきの声の主を捜した。

かれはあまり遠くないところにいた。

背が高く、その背中を半分以上覆《おお》う長髪は、夜に見る滝のような銀色で、瞳は深い海の色をしていた。またその顔だちたるや、冬の冷たい夜に輝く冴え冴えとした星のようにまばゆい美《び》貌《ぼう》だった。

「やあ、気がついたようだね。ごきげんよう、ウミベリの王子」

一目で分かった。かれもレイスと同じ龍族なのだと。これほどの存在感と音楽的な響きの声を併《あわ》せ持つ人間などこの世にいるはずがない。

しかし、実はトルマスはかれよりも、かれの隣にくつろいで座っている自分と同じ年くらいの青年に目を奪われてしまった。その顔に強く見覚えがあったのだ。小さい頃に読んだ本で、訪れたとある城の肖像画《しょうぞうが》で……。

「まさか……あなたはミズベ国のリダーロイス陛下？」

思わず言ってしまい、そんな馬鹿なと慌てた。むこうも笑った。

「すみません、そんなはずないですよね。リダーロイス陛下だったら僕の父上――むぐぐ」

トルマスは途中で言葉を止められた。レイスの大きな手が口を塞《ふさ》いだのだ。

「しーっ、トール。かれは確かにミズベのリダーロイス王子だ。いいか、王子だ。んであちらはミズベの守護龍《しゅごりゅう》を務める水龍。年の話は今はなしだ！　ちょっとばっかややっこしいことになってってよ」

トルマスを後ろから抱きかかえてレイスが耳打ちする。

「えっ。本当にリダーロイス陛下……じゃなくて王子？　えっ、王子ぃ？」

自分で言ってトルマスは眉根をよせた。

ミズベのリダーロイス王はトルマスにとって幼い頃から尊敬する英雄だった。

今の自分より年若い時に少数の忠臣と協力し、敵国の支配下にあったミズベ国を取りもどしたのだ。

子供のころ乳母《うば》や王宮の吟遊詩人《ぎんゆう》にはいつもかれの話をせがんだ。若いときの似せ絵の付いた本を手に入れて、幾度も読んだ。憧れの人物だった。

そのかれが、どう見ても今の自分と変わらぬ年齢で目の前に存在する。普通ではあり得ない。普通では。

「――レイス。ややこしいことって、なにかなあ」

出た声はひとりでに低くなる。

「う……や、ややこしいことだ」

目を合わせないようにレイスは言う。そのようすにはイヤというほど見覚えがあった。

トルマスはため息をつくと、先に頭を押さえた。静まりかけていた頭痛がぶり返しそうな予感がしたのだ。

「――よし。悪い知らせを聞く覚悟ができた。いいよ、なにをしてくれたのか話してごらん。怒るのはその後にするから」

レイスはやっぱ怒るのかぁとうなだれたあと、渋々と話し出した。

「悪気はなくって、ちょっと気を利《き》かせるつもりだったんだ。実は、嵐がやって来る前の島にって――」

　途中で上を向いた。

むこうに座る銀髪の青年――ミズベの守龍も空を見あげた。つられてトルマスも上を見る。

「なに？」

「来た。三人目だ」

「時差があったな。最後のひとりの到着だ」

　レイスと銀髪の守龍が言う。意味を聞こうとしたら、

「だあああああ――――っ」

　上空から悲鳴とともに人が降ってきた。

「ウソだろ、おい。なんで家のドア開けたら落ちて――待て待て待て、網《モウ》・水波《スイハ》‼」

　真っ逆さまに落ちてきていた人物は、手にした杖を自分の正面に構えて怒鳴《どな》った。

　空中に濃い霧が集まり、そこに網のクッションを作って、落ちてくる身体を優しくささえたが――。

　最後の最後で網は破け、男は波打ち際に背中から落っこちた。

「って、しょっぺぇー！　まんま海水かよ！」

　網の魔法が消え、男はすぐに海の中に立ち上がった。深さはくるぶし程度の場所だった。

なかなかにぎやかな男だった。黒髪で痩《や》せていて、それだけだったらどこにでもいる若者だが、顔つきが印象的だった。ふてぶてしくて、なによりその強いまなざしが人の目を惹《ひ》きつけた。

男は頭をふって髪から水気を飛ばし、海の中をジャブジャブと歩いてぽかんと立っているトルマスたちの前に来た。手にした長い杖《つえ》で自分の肩をトントンと叩く。

「んで、この愉快な事態は、どちらさまの仕業《しわざ》で？」

ずいぶんと不敵な顔つきだった。怒っているのは一目瞭然《りょうぜん》だ。

トルマスは感心した。自分だったら空から落ちるような目に遭《あ》ったら、まずびっくりして助かってもろくに口も利《き》けないだろう。

ところがその不敵な顔がトルマス同様ぽかーんとなった。トルマスのうしろのレイスと、もうひとり、長身のミズベの守龍を見てだ。

「――嘘だろ、オイ。……大まじめに、なにが起こってんだ？　そっちのおふたりさんって……龍の化身だろ？」

黒髪の魔法使いが最後、声をひそめながらも敬意のこもった顔つきで言う。

長身銀髪のミズベの守龍は、玲瓏《れいろう》な容姿に似合わずほがらかに笑った。

「その通り。どうやら一流の魔法使いのようだね。私とこちらのかれは龍で、ふたりの若者はそれぞれ私たちが親愛を誓《ちか》った王国の王子だ。そしてこの事態を引き起こしたのは――」

「はい、オレ」

トルマスのうしろでレイスが潔《いさぎよ》く手を上げた。

「意図したわけじゃねェけど、オレの仕業」

こういうところで嘘をつかないのは、この押しかけ守龍のいいところだよねと、トルマスはささやかなよかった捜しをして自分を慰めた。その視線を感じてか、レイスはいささか首をすくめながら話した。

「あのなトール。オレすげえ大失敗したみてぇ……いや、した。滅茶苦茶《めちゃくちゃ》な失敗……した」

風龍は悪戯《いたずら》が見つかって観念した、ある種の覚悟ある顔つきで言った。が、トルマスには主人に怒られるのを待つ犬のようにも見えた。


この日、秘密の島は好天に恵まれていた。

空は青く、雲は白くまぶしく、風は爽《さわ》やかに海を渡ってくる。

先程トルマスが浜辺に見た沢山《たくさん》の流木もない。

沖の方では、昔トルマスも見たことのあるイルカの姿の海の精霊が、こちらに挨拶《あいさつ》するようにジャンプしていた。

大変のどかな光景なのだが——海岸に集まった面々はそれどころではなかった。

「はああ？　時間を遡《さかのぼ》っただってぇ——!?」

レイスの告白に黒髪の魔法使いは盛大に叫んだ。

かれはフウキ国の七賢人タギと名乗った。魔法使いのしきたりとして二文字の名前「タギ」だ。

フウキ国とはここからは遙《はる》か北、龍の背骨《せぼね》山脈を越えて、さらに北の端っこだ。トルマスは自分の婚約者ミミ王女が、その隣国白蓮《びゃくれん》の出身だったので、国名も場所も知っていた。しかし七賢人制度はあってもそこにいま、タギの名前はない。何時《いつ》の時代だろうと思っていたら、リダーロイス王子がピンときたようだった。

「うちの魔法使いが、あなたの熱心な信奉者なんですよ。まいったな……ずいぶん時代に開きがある。本当まいった。あなたに会ったと言ったら嫉妬《しっと》されて、ヤチに一ヶ月くらい文句言われてそうだ」

まいったなってそっちですか、とトルマスは苦笑した。

リダーロイス王子の言葉によって判明した魔法使いとの時代差は、なんと千年もあった。龍の一生涯《いっしょうがい》に匹敵《ひってき》する程の長さだ。

「千年て……よくもまあそんな隔《へだ》たりある時代のおれを呼びだしたなあ。そんでもフウキに七賢人制度は残ってて、オレは伝説の大賢者さまだって？　やるなあ、おれ」

タギは腕組みをするとまんざらでもなさげに笑った。

「では紹介も終わったところで、そろそろ本題に入るとしよう」

ミズベの守龍が皆の顔を見回していった。いつの間にかこの場を取り仕切るのは最年長の水龍になっていた。

「本題？　なんだよレイス、このややこしい事件のさらにうえがあるとか？」

トルマスは半分冗談で聞いた。しかし冗談ですまなかった。

「……実はある。なんつーか十年前の再演」

「は？」

「えっとなトール、俺たち……この島に閉じこめられちまった！」

レイスはなぜか爽《さわ》やかな笑顔をつけて、悪い知らせの二番目を告白した。

「……え、えええぇ――――!?」

タギに続き今度はトルマスも大声をあげた。

三章　過去と現在とちょっと昔

——龍にはそれぞれ特化した力がある。

ミズベの守龍《しゅりゅう》は砂浜に座った人間たち相手に説明していた。まるで歴史の教師の授業を受けているようだなとトルマスは思った。

「水龍《すいりゅう》と火龍《かりゅう》は主に空間に対して支配力が強く、地龍《ちりゅう》と風龍《ふうりゅう》は時間に対して力を発揮する。さて今回の時間の移動魔法だが——これはともすれば世界に大きな影響を与えかねない。よって扱いは慎重に、けっして気まぐれに使ってはならない。そう風龍と地龍の種族では決められていると聞いている」

年上の水龍の言葉にレイスはばつが悪そうに首をすくめた。

「だがまあ、今さら起きてしまったことは仕方ない。事故ともいえるこの事態は、かれの意図より、ずっと複雑な魔法の紋様となって我々を絡め取っている。そのひとつが、島からの移動の制限だ、われわれは自分の足でにしろ魔法でにしろ、あそこへは行けない」

沖でジャンプするイルカをみてミズベの守龍は言った。

砂浜はそろそろ暑くなっていた。反対に海は冷たくて気持ちよさそうだが、とうていあのイルカの元へは行けない。海岸から海に入って数歩のところで、透明の壁が存在するかのように前へ進めなくなるのだ。丁度《ちょうど》くるぶしを過ぎた辺り、魔法使いが落ちてきたギリギリの場所だ。

このことはトルマスもリダーロイスもタギも、全員が試して守龍の言葉に偽りないことを知った。

「つまり、昔レイスのお父さんが作った魔法の籠も、今のこの島に呼びよせられてて、僕たちに影響を及ぼしてるってこと？」

「そっ、どういうわけかな。オレはほんの二ヶ月分遡《さかのぼ》ったつもりだったってぇのに、なぜか親父《おやじ》の魔法も丸ごと持ってきちまったみてぇ。これが解けねぇと、時間を正常に戻すって魔法も使えねぇ」

レイスはムシャクシャしたようすで足元の砂を蹴《け》った。普段のレイスからは感じない自己嫌悪が垣間見《かいまみ》えて、トルマスはなんとか励《はげ》ましてやりたくなった。そして肝心《かんじん》なことを思い出した。

「心配いらないよレイス。きみのお父さんの魔法なら、解く鍵《かぎ》があるじゃないか。マングローブの林の奥にある洞窟《どうくつ》。十年前だけど場所もしっかり覚えてるよ」

「まあそうなんだけどな、トール。試したけど、あそこにはオレもミズベの守龍も近よれねぇんだ。だから鍵があるかどうか分からない」

「そんなの、十年前だって龍や精霊は近づけなかったじゃないか。魔法では捜せないようにって」

トールは何を言っているんだと言わんばかりに肩をすくめた。

「今度も僕が行けばいいだけだろ？　よし、善は急げだ」

トルマスはこれは自分の仕事だとばかりに立ち上がった。するとミズベのリダーロイス王子も同行を申し出た。

「ひとりじゃなにかと心配だし。いいよね？」

自分の守龍へ聞くと、にこやかにうなずかれたものの条件をつけ足された。

「より道せずに、冒険心は起こさずに、なるべく早くもどってくるように」と。

もう子供じゃないよと言い返すリダーロイス。その顔は楽しそうで、こうしたやり取りが守龍と王子の間のよい関係作りのひとつであると物語っていた。

また黒髪の魔法使いタギも一緒についてくることになった。

「洞窟付近で禁止されてんのは龍や精霊の魔法だろ？　人間の魔法使いのおれがついていかなくてどーするって話だ」

つまり、留守番しているなんてまったく性《しょう》には合わないらしかった。

レイスとミズベの守龍は、砂浜から人間の若者たちが出発するのを見送った。かれらの姿が海岸を曲がって見えなくなると、レイスは振っていた手を下げ、隣の守龍に言った。

「本当は水龍の力なら、空間に干渉《かんしょう》するんだから、ここから出て行けるんだろう?」

「まあ……実は、行けるね」

長身の水龍はあっさりと答えた。

レイスは面白くなさそうに唇を尖らせた。

「やっぱり。どうして俺たちにつきあってくれてんです」

「強引な方法だからだよ。今ここには千年前の時間と何十年か前の時間が、融《と》け合わず入り交じって存在している。自分の影をよく見るがいい。ブレて薄くふたつ目の影があるはずだ」

ミズベの守龍に言われてレイスは自分の影を注意深く見た。

「……あ。本当だ」

龍の目でなければ気付かない程のごくごく小さな差異だったが、影はふたつあった。

「これはきみがふたつの時間の島に、同時に存在しているからだ。嵐の後の島と前の島と」

ミズベの守龍は、同じことが自分たちにも、また人間の魔法使いにも起きていると言った。

全員自分の正しい時間にいながら、ここにもひっぱられている状態なのだ。

「こんな絡み合った力の場所から、私と王子、それにきみたちを連れて、島の結界《けっかい》を破って出るとなると……この空間を壊すことになる」

「はい」

「反動で島が破壊されるよ」

「は——えっ?」

「何時《いっ》の時点のこの島が、壊れてなくなるか分からないが、もしきみと王子が出会う前に島がなくなってしまえば、なにがしかの影響が出るのではないか?」

その意味するところを理解するとレイスは目を丸くし、ミズベの守龍の配慮《はいりょ》に感謝した。

「その通りだ。ありがとうございます。迷惑かけて、すいません」

「いいや、そんなにかしこまらなくていい。私も王子もこういうことを楽しいと思えるたちなのでね。そう気にする必要はない。それより、子供たちが首尾《しゅび》よく鍵を解くのを祈ろう」

「はい。……ああほんともう、前みてえのはごめんだからなあトール」

レイスはトールたちの消えた方向を見やり、そればかりは真剣に祈った。

一方の人間グループはというと。

王子ふたりと魔法使いは順調に歩を進めていた。

十年前に子供の足で歩いたときは、長く大変な道のりに思えたが、大人のいまではそう苦労はなかった。時たま遭遇《そうぐう》する流木も、楽に乗り越えたり迂回《うかい》できた。トルマスは歩きながらも話をする余裕があり、ふたりに十年前ここでレイスと出会った話をかいつまんで聞かせていた。

「ってことは、十歳の時にもここにひとりで来たんだ？」

「はい、陛下……リダーロイス王子」

「リダーロイス。王子もいらないよ」

ミズベの王子が敬称の省略を断ると、トルマスは眉《まゆ》を八の字にした。それを見てタギがプッとふき出す。

「すげぇ困った顔。よっぽどおたく——ミズベの王子のことを尊敬してんじゃねーか？」

「うーん、この先の人生が怖くなるなあ。そんな偉業を成し遂《と》げたのかって。臣下にずば抜けてるのがいただけで、俺自身は普通なんだけど」

「この先じゃなくて、もうなさった後です！　……ええと、いまご自分を、俺って？」

「そ、俺。公式にはそろそろ控えてるけどさ。多分伝わってないだろうけど、俺は一時期普通の、平民暮らしっていうのかな、してたんだ。どんな大げさな物語を聞いたのか知らないけど、きっと本当のところを知ったら幻滅するよ」

「なぁんだそうか。育ちのいい王子様と思ってたからよ、おれも緊張してたわ」

そんなようすはちっとも見せなかったクセにタギが調子に乗って言う。

「こっちこそ緊張したよ。なにしろ伝説級の魔法使いだからね。うちのヤチがいずれきみが書くことになってる魔法書を大事に持っててさ」

トルマスの目の前で、伝説の魔法使いと英雄の王子がにこやかに会話する。その剛胆《ごうたん》ぶりに、どちらも名前を馳《は》せるだけあるなとトルマスは感心した。王宮にもどったら、まず真っ先に大賢者タギについて、自分のところの魔法使いに聞かなくちゃと心に刻んだ。

他にも和気あいあいと自国の守龍についての会話など続けながら三人は歩いた。

そのため全員、のちの大賢者タギでさえも気づかなかった。

このとき森の奥で、自分たちをじっと見つめる目があることを。

「お、マングローブが見え始めたぞ。あの奥か？」

「そうだよ。隠れるように洞窟《どうくつ》があってさ。子供の時は胸まで水が来て苦労したっけなあ」

幸い今は引き潮で、マングローブの根の伸びる砂地をトルマスたちは楽々歩くことができた。

やがてトルマスの言う通り、少々引っ込んだ海岸の奥に洞窟を見つけた。

張り出したマングローブの根を乗り越え、中に進んでリダーロイスが改めて聞いた。

「この中で、子供の時に水が胸まで？」

「ええ。満潮近かったんです」

「それ、溺《おぼ》れたんじゃねぇのか？」

「うん、実はね。何度も水を飲んで、死ぬかと思ったよあの時は。おまけにレイスが心配して風の精霊を近づけたから、洞窟《どうくつ》の入口が閉じて余計にひどいことになってさ」

自分の体験を少しも大したことないように語るトルマス。うしろからついていくリダーロイスとタギは顔を見合わせ苦笑した。

「すごいね。見かけを裏切るね、かれ」

「あの風龍が、守龍にしろって押しかけてくるはずだぜ」

ふたりでこそこそと話す。と、前を歩くトルマスが「あれ？」と声をあげた。

「どうした」

「鍵が、ない……ここにあるはずなのに」

トルマスは唖然《あぜん》とした。昔見たままの洞窟で、台座となっていた岩のくぼみもそのままだった。だがそこに卵の形の鍵はなかったのだ。

「どういうこった？　もともと鍵は用意されてねぇのか……」

「波に掠《さら》われたのかな」

トルマスは昔を思い出して、水のたまる箇所《かしょ》を捜す。

その時。

「おまえら、やっぱりこれが狙いだったのか！　だめだ、絶対渡さないぞ！」

洞窟の入口でかん高い声が聞こえた。ふりかえった三人が見たのは、驚く程整った顔だちの少年が胸に卵を抱え持っている姿だった。

「あ、あれ――！」

「あれが鍵か！　待て、そこのガキ！　縛《ばく》・水波《スイハ》！」

魔法使いが杖を差しむけて呪文を唱える。

とたんに周囲の水が大きく揺れて渦《うず》を巻き、出口に向かったかと思うと、壁に跳ね返されるようにしてトルマスたちを襲った。

「うわっ」

もろに海水をかぶり、足を滑らせて三人とも水に沈んだ。が、すぐに立ち上がる。

さすがに十歳の時のようにたまった水に翻弄《ほんろう》されたりもしない。

三人はひとしきり咳《せ》き込み、なんとか声を発した。

「悪ィ、みんなへーキか？　ここ……おれの魔法もダメだったのか」

「龍や精霊の魔法だけって説明だったけど、こんな事態じゃなにが起きても不思議じゃないよ」

「あー、言えてる。チクショまた濡れた。海水は乾くと塩分が残ってベタベタすんだよなあ」

リダーロイスのもっともな発言に、タギは服の裾《すそ》を絞《しぼ》ってひとしきり文句を言ってから肝心《かんじん》の話を続けた。

「んで、さっきのあいつ。あの子供はなんだ？　おれら以外にも人が来てたのか」

「ううん……違う。違うよ」

トルマスはぼう然と出口を見つめて言った。

「あれは……あの子は、島の外から来たんじゃない。あの子なんだ」

「は？」

「あの子がだれだって？」

「あの子がそうなんだよ。あの子が……レイスなんだよ！」

トルマスが見間違えるはずもなかった。

十年前にここで過ごしたのは短期間だったが、あの時のレイスの姿を忘れるはずがない。

お日様よりまぶしい金色の髪に大きな薄紫色の瞳。気の強そうな顔。生意気な顔。

「忘れるはずない。十年前、ここに閉じこめられていた時のまんまのレイスだ」


またこの時、表の海岸では。

「ん……あれ。おかしいな……」

「どうした？　風龍君」

ミズベの守龍の後ろでレイスは胸をあたりをさすっていた。

「いやなんか……胸騒ぎっつーか。肌がピリピリするっつーか……」

ミズベの守龍はレイスのもとへ行きかけて、不意に後ろをふりかえった。

王子たちを送り出した海岸の奥からまばゆい金髪を持った子供が走ってきていた。

子供はこちらを見ながら急に胸を押さえて倒れそうになる。が、なんとか持ち直し、胸に抱えた光る丸いものをしっかりと抱えなおすと、進路を変えて森の中へと走っていった。

「あれは……」

「うわっ、嘘、だろ……！」

声にふりむいたミズベの守龍は、無言でレイスの側に歩みよった。

レイスが胸を押さえたまま、苦しそうに砂浜に膝をついていたのだ。

「よりかかりなさい。いまの子供は、きみだね？」

「……はい。てか、なんでオレこんな疲れて……」

「さっき言ったように、この魔法が無茶なせいだ。生きる時代の違う私たちを同時にここへ存在させている。事故でなければなしえないような、ある意味奇跡のような魔法を使い続けているからだ」

「我ながらずいぶん無茶してんなあ……。ひょっとしてミズベの王子に早く戻れって言ったのは、王子の心配じゃなくオレの心配とか？」

ミズベの守龍は静かに笑った。

「まあ、なんというか、どちらもだよ」

レイスは気を遣われてんなあとありがたく思い、同時に自分の不甲斐《ふがい》なさに珍しく凹《へこ》んだ。

「だいじょうぶかな？」

レイスが身体を離し、自分の足で立つのを見てミズベの守龍が聞いた。

「ええ、はい。さっきのぐらっと来たときに比べれば全然マシです。オレがへばってること、トールに内緒にお願いします。トール以外の人間にも。心配かけたくねーし」

ミズベの守龍はレイスの背中を軽く叩いて慰めた。

「気持ちは分かるよ」と。

「どうも。……オレ、追わなくちゃ。あのチビのオレを。あいつ卵持ってやがった」

「待ちなさい」

歩きだしたレイスの肩にミズベの守龍は手をかけてとめた。

「身体はもう平気だって。だるいけど、動ける」

「いや、近づいたらさっきのように余計に悪くなるのだと思うよ。むこうの小さな君も、君の存在に反応して倒れそうになっていた。それに近づけば互いに分かる。むこうは逃げるよ」

「あー、くそっ。……なんでアイツまでいんだよ……。ここ十年前じゃねぇぞ……?」

レイスは思わず言ったが、目の前にミズベの守龍を見て、自分の言葉の説得力のなさに大きくため息をついた。

ミズベの守龍によってレイスは木陰に連れて行かれ、座って休むよう指示された。そこそこしんどかったレイスは反論せずに従った。

脇でミズベの守龍は天を仰《あお》いだ。

目を細めて見つめると二重の太陽はゆっくりと天頂から西へ傾いていた。

じりじりと時間が動いている。夜がくる前にすべてを解決しなければ、この若い風龍は致命的なダメージを負いそうだった。

洞窟《どうくつ》を出てタギの魔法で水浸しの身体と衣服を乾かしてもらうと、トルマスたちは早速《さっそく》もとの海岸にむかった。

いま見た事実を少しでも早くレイスとミズベの守龍に知らせようと考えたのだ。

「レイスー！」

トルマスがふたりの仲間と走って海岸へ戻ると、レイスは砂浜奥の日陰に座り、椰子《やし》の実のジュースを飲んでいた。

そのようすはいたって呑気《のんき》そうで、トルマスたちは拍子抜けしてしまった。

「おーお帰りー。空振《からぶ》りだったんだろ」

レイスはトルマスたちににこやかに手を振り、周りにおいていた椰子の実を三人に差し出した。

「喉渇《のどかわ》いたろ。飲めよ」

すでに硬い椰子の実の上部は切ってある。

「飲むけど、なんで空振りって知ってるの。……冷たい」

真っ先にトルマスがもらって、口をつけて驚く。十年前に飲んだ時はこんな冷たくなくて、ちょっと生臭《なまぐさ》くて困った記憶がある。

「ああ、ミズベの守龍が、みんなのために冷やしておいてくれた」

やはり喉が渇いていたのかリダーロイス王子も手を伸ばす。中のジュースを一気に半分程飲み干してから尋ねた。

「それで、うちの守龍は?」

「この島をもっかい調べるってさ。オレは留守番」

「そんな落ち着いてるってことは、そっちも見たのか？　鍵の卵をもって逃げてく子供時代の自分を」

最後に発言したのは、椰子の実のジュースをすべて飲みきってから、口元を手の甲で拭《ぬぐ》いおえたタギだ。

「当たり。さすが魔法使い。どうもオレ、十年前の自分までここに呼びよせちまったらしい」

「だがよ、さっき聞いた話じゃでも、その鍵は父親の魔法で、閉じこめられている本人には持てねぇんじゃなかったか？」

「そのはずなんだけどなあ。なにしろこれ自体デタラメばっかだろ。オレにもよくわかんねぇ。で、追いかけようとしたらミズベの守龍にとめられた。オレが近づくと――――相手にばれて捕まえらんねえから」

なぜ相手に分かるのか。トルマスはそれを尋ねるところまで頭が回らなかった。

「わかった。じゃ僕が追いかける。子供のレイスはどっちに逃げていった？」

「あっち。島の丘の方だった」

レイスはこんもりと茂った森のてっぺんを指さしていった。

「今度も三人で行こう。その方が早く見つかるはずだよ」

リダーロイスが言う。

「ありがとうございます。洞窟に行ったのが骨折り損になってもうしわけないです」

「おいおい、べつにあんなの——」

「トール。トールが気に病むことじゃねえって」

砂浜に座ったまま、レイスはトルマスを仰《あお》ぎ見た。

「責任はオレ。迷惑かけてすまない。……ともかく、絶対みんな無事に帰すから。そこは安心してててくれよ」

トルマスは驚いた。レイスがリダーロイス王子と魔法使いのタギ相手に素直に謝罪したのだ。こんなレイスは初めて見る。なんとなくいつもの元気もない。

するとリダーロイスが言った。

「そこは安心しているし信じてるよ。けど、これが人生においてとびきりの不幸とか困難とかは思ってないから、あなたもそこは安心しといてよ。ウミベリの王子や伝説の魔法使いと会えて、貴重な体験をしたと思ってる」

「おれもミズベ王子に同じく」

続けてちゃっかりとタギが言った。

レイスはトルマスと顔を見合わせ、新しい友人たちの心遣いにくすぐったそうに微笑《ほほえ》んだ。

海岸から丘を目指して歩き出した三人組は、この島の緑豊かなようすに感嘆《かんたん》した。うつくしい南国の花が咲き、多くの鳥が木々を渡りさえずっている。

「無人島なんだっけ？　ちょっともったいねぇな」

呑気《のんき》に話しつつもトルマスたちは周りに目を配り、丘へ登る道を進んでいった。

「丘といってもけっこう広いのか。トルマス王子、なにか手がかりはあるの？」

「たぶん。ここにいた頃のレイスって昼間は魔法の力もうんと弱くされてて、鍵のある場所に来られないよう、行動範囲も狭くされてたんだ。でもその中でお気に入りを見つけてて、理由は風の感じられる場所だって言ってた。だから、あの場所のはず」

トルマスは木のまばらになった丘のてっぺんを指さした。

四章　魔法の鍵とお別れ

「あれ。開かない。くそっくそっ。なんだよ！　これが鍵なんだろ！　くそっ。やっと見つけたのに！　どうして開かないんだよ！」

そんな子供の声が聞こえたのは、丘の頂上にほど近い場所だった。

トルマスたちは顔を見合わせ、慎重に残りの距離を登っていった。

丘の上は木々がなく、ささやかな空間となっていた。

青い空がよく見えた。渡る風が白い雲を追い立てていく。

自由気ままに飛んでいく風の精霊を、子供のレイスはずっと独りで見送ってきたのだ。

「なあ。あれって鍵として使うのに、そんなに苦労するもんなのか？」

魔法使いがそっと聞いてきた。

「ううん、ネジみたいに回せばいいだけだった。子供の力でもできたよ」

「だよなあ。んー」

トルマスの答えにタギは難しい顔で唸《うな》った。

子供のレイスが癇癪《かんしゃく》を起こしているのは声の調子で分かった。卵の形の鍵を叩いたり振ったりしていたが、トルマスたちがもう二三歩の位置まで近づくと、さすがに気づいてふりかえった。

「おまえら、こんなとこまでなんだよ！　これは渡さないぞ！」

小さなレイスが鍵を胸に抱きかかえる。キツイ顔でこちらを睨んでくるが、トルマスにはそれが泣き出す寸前のように見えた。

「それ、僕に開けるの試させてくれないかな」

トルマスがゆっくりと手を差し出す。その横でタギが残酷《ざんこく》にも言った。

「あのよー。それはおめーが島の外に出るための鍵じゃない、と思う」

「えっ？」

「だって手に持ててるのに開けられねーんだろ？　だったらそれはおれたちがここから出るための魔法の鍵だ。……すまないな」

「おまえたちの鍵？　これがおまえたちの鍵？」

子供のレイスはキラキラと光を放つ卵を持ったまま二三歩後じさった。

「なに言ってるんだよ。今日いきなり来て、そんでオレがやっと鍵見つけたのに、オレが出られなくて、おまえたちが出る⁉　なんだよそれ！　なんだよもう！　なんだよこんな、こんなの……鍵じゃない。おまえたちにも渡さない！」

小さなレイスは卵を頭上に掲げて、トルマスたちがいるのとは反対方向へ、丘の下、海へ向かって投げ捨てようとした。

「だめだ！　レイス！」

トルマスが飛び出した。リダーロイスもタギも。

タギの風の魔法が渦巻《うずま》いて卵を引きよせようとする。卵は一瞬ふわりと浮いたが、魔法の手に逆らってまた下を目指した。リダーロイスが、それに向かって飛びつく。なんとか指先が触り、手の平に絡めて胸に抱く。しかしその先は海へ一直線の崖《がけ》だった。

落ちる——と覚悟したリダーロイスに、タギが水の網《あみ》で保護しようとしたが、その呪文は途中で消えた。必要がなくなったからだ。

「まあ来るとは思ったけど、絶妙なタイミングだよな」

杖《つえ》を肩にトンと乗せて魔法使いは言った。視線の先には自国の王子をしっかりと抱きかかえる長身の美丈夫《びじょうぶ》、ミズベの守龍がいた。

そしてトルマスは……。

「だいじょうぶだよ！　きみはちゃんとこの島から出られるよ」

子供のレイスをぎゅっと抱きしめていた。

「ずっとひとりで寂しかったよね。風の精霊たちが空を飛ぶのを見て、羨《うらや》ましかったよね。きみは風龍だからどんなに辛《つら》かったか。でも信じて。僕が必ず助けるよレイス」

「おまえ……オレの名前知ってる。おまえだれだ？　なんでそんなにオレのこと知ってる。親父の使いか⁉」

抗《あらが》おうとするレイスの力を感じたが、トルマスは力を緩《ゆる》めなかった。

「違うよ。きみの……友達。きみが島に閉じこめられてから、もうどれくらいになる？」

「――二年、半だ」

トルマスに抱きしめられたまま、怒ったようにぼそりと言う。トルマスは思い出す。自分と会ったときレイスは三年この島にいると言った。では……。

「明日には来られない。でも必ずきみを助けにくるよ。だから、待ってて」

「信用しろっていうのかよ。おまえら何なんだよ！」

小さいレイスは怒ってキラリと光らせた目でトルマスを見る。そこへミズベの守龍が来た。

「きみも一緒に下へおりよう。この鍵を開けるときは全員一所《ひとところ》にいた方がいい」

「……あんた、龍だよな。親父の知り合いか？」

子供のレイスが疑り深い声で聞く。

「いいや。だが、きみの知り合いになりたいものだ」

「……あの鍵、開けられるのか？」

「ああ。私ではないがね。さあ、行こう」

ミズベの守龍はトルマスに手を差し出して立たせると、小さなレイスの肩に手を置いて一緒に歩き出した。


丘を下って海岸に出ると、トルマスは一直線にレイスのもとへ走った。ミズベの守龍からレイスが今回の騒動で大量の魔法力を消費し、疲弊《ひへい》していると聞いていたのだ。その言葉どおり、レイスは別れたときと同じ場所で力なく座り込んでいた。

「レイス！　だいじょうぶ？」

「あー多少しんどいけど、平気だ。鍵《かぎ》は手に入ったか？」

「うん。小さいレイスがなんとか譲《ゆず》ってくれたよ。一筋縄《ひとすじなわ》じゃいかなかったけどね」

レイスはトルマスのうしろの離れた位置でミズベの守龍が留まっているのを見た。脇には小さい自分がいる。ふたりでなにか話しているから手でも振ってやろうかと思ったがしんどくて止めた。

守龍のそばにいたリダーロイスが卵の形の鍵を持ってきた。タギはレイスの周りに風の魔法陣を喚《よ》んで包んだ。喉《のど》の渇《かわ》いた人間に一口分の水を与えた程度のものだが、レイスはほっと息をついた。

「あー、これいいな。呼吸が楽になる」

「そりゃよかった。歌は歌えねーけど魔法はな」

「僕が歌を歌おうか？」

トルマスが真剣な顔で言う。レイスはぷっと吹き出した。

「いーよ。その言葉でなんか元気出てきた」

「トルマス王子、これを」

リダーロイスが卵を渡した。

「うちの守龍いわく。きみにしか開けられないらしい。きみの時代のものだ」

トルマスは受けとると、皆の顔を見回した。

「じゃあ開けるよ」

一言言って、卵に手をかけ左右に捻《ひね》った。十年前の時よりも手が大きくなった分、まわしやすくなっていた。

卵がまぶしい程に発光し、らせん状の光を空へ伸ばしていく。同時に身体が軽くなる。魔法の檻《おり》が消えたのだ。

レイスは皆の身体を見た。

それぞれの身体を色味の違う空気がとりまき、それがリボンのよう伸びて他の者たちと複雑に絡み合っていた。

『融け合わず、入り交じって存在している』

ミズベの守龍の言っていたのはこのことだったのかと知る。

ならばほどけばいい。自分たちと、ミズベのふたりと、口は悪いけれど案外優しい魔法使いと。

それから小さな自分のリボンを。

レイスは生まれた時から自分の中に存在していた旋律を歌った。やさしい子守唄《こもりうた》のような調べだった。

最初に小さなレイスがキョロキョロしだした。自分のものとよく似た光沢《こうたく》ある白いリボンが、他のリボンからするすると引き抜かれて、小さな身体に集まっていく。やがてかれも何かを悟り、口をへの字にしてこちらを見たまま消えていった。

レイスは消える前の自分に大きくうなずいてやった。

——分かれ。理解しろ。おまえはだいじょうぶだ。トルマスが助ける。不安だろうけど、耐えればでかいご褒美《ほうび》がある。

言葉に出せない思いを乗せてうなずいた。それしかできなかった。

最後まで子供レイスのそばにいてくれたミズベの守龍が、今度は自分の王子の隣によりそう。ふたりを包むリボンが溶けて一緒になる。きれいな青色だ。かれの力がずっと王子をまもっていたと知る。揺るぎない親愛の証《あかし》にレイスはまぶしそうに目を細めた。

「リダーロイス、われわれもそろそろのようだよ」

ミズベの守龍と王子がふたりそろって青色の光に包まれる。魔法使いやトルマス、レイスたちと絡んでいたリボンがするすると抜けていく。

「いいな。あんたたちは同年代に生きてるんだろ。また会える」

魔法使いの言葉はちょっぴり寂しそうに聞こえた。かれの身体にも、淡いクリーム色のリボンがたぐり寄せられている。

「そう思うんなら、こっちの時代に来ちゃえばいいんじゃねえ？　今なら近い場所にいるから、ちょっと無理すりゃ引っ張り込める。来ちまえよ、オレあんた好きだしさ」

レイスが言うと魔法使いはまいったなと笑った。

「おれも好きだよ、風龍は特に好きだ」

魔法使いはレイスの腕をパンパンと叩いた。

「けどなあ、おれがいなくなったらやっぱ一応心配したり、まあ悲しんだりすんだろーなって奴がいるから、そっち行けねーわ。それによ、実を言やあ、ついこないだ守龍んとこの子供の名付け親になってさ。そいつがまたえっらい生意気でよう。手間かけさせてくれんだ」

言葉とは裏腹にタギは至極《しごく》嬉しそうだった。レイスは説得を諦め、両手の指を楽器の演奏をするように動かし、リボンの絡まりをほどいていった。

「じゃ、最後の結び目をほどくぞ」

「友らよ。このふしぎな縁に結ばれた友らよ。きみたちの人生の行く末に多くの幸を祈ろう。幸運を！」

「幸運を！」

「そんじゃ、達者でな」

「皆さん、ありがとうございました」

それぞれ言い交わし、最後の結びがほどかれた。

トルマスはかれらが消えた空間に、残り火のような光景を見た。

黒髪の魔法使いはふたりの友人に迎えられていた。友を見て、心配そうな顔に安堵《あんど》の表情を浮かべる金髪の青年と、その傍《かたわ》らで腰に手をあててなにやら怒っている金の髪に紫の瞳の美少女に。

ミズベの王子は黒豹《くろひょう》を連想させるしなやかな身体つきの剣士と、あでやかな容貌《ようぼう》の青年に迎えられていた。王子は興奮したようすで、ふたりに自らの経験を喋《しゃべ》っていた。

やがてそれらも消えていき……。


トルマスの傍らにはレイスがいた。友人と別れたさみしさを補って余りある存在が。とんでもないことをしでかすのに、けっして憎めない押しかけ守龍の風龍が。見ているとなぜか心がウキウキとしてきて自然に微笑《ほほえ》んでしまう、太陽と月と星のすべてを合わせたような存在が。

「とんだ下見になっちまったな、ごめんなトール」

「ううん。もとはと言えば僕のワガママからだ」

「あのなー。こんなんワガママじゃねーよ。そんでなー。守龍てのは、好きな人間の願いごと聞くのが………まあいいや、言わねー」

「ええ？　途中で止めるのは行儀《ぎょうぎ》悪いよレイス。続き言いなよ」

「んーやっぱ言わねー」

レイスはくり返し、トルマスが肩を押してくるのに笑った。

「あ、待った。ミズベの守龍から連絡あった。近々遊びに来いってさ」

トルマスは誤魔化《ごまか》されたなと思ったが、それに乗ってやることにした。第一相手はミズベの守龍とリダーロイス陛下だ。返事を遅らせるのは失礼というものだ。

「ちょっと複雑だけど、喜んで伺いますって返事してよ。……さて、うーん、ミミここに連れてくるのどうしよう」

「えー？　連れてこいよ。もう変なことねーよ。力は霧散《むさん》したし」

「ほんとに？」

「本当だって」

――しかし、その後ミミが訪れたときに別のふしぎな事件が起きるのだが、それはまた別の話だ。

「さあ帰ろうぜトール。こっちもミミとシーラにこのすんげえ冒険を話してやんなきゃな」

レイスがにっと笑って足元に風の魔法陣を呼びだす。トルマスも大いに賛成し、その中に入った。

「うん。帰ろう。僕たちの家に」

やがて優しい風がまわりを取り巻き、ふたりを我が家へと送った。

（終わり）

あとがき

ウミベリ物語、第三巻をおとどけです。

待っていて下さった方、ありがとうございます。

今回新キャラ登場です！　魔法使いが登場します！　しかもトルマスやレイスに遠慮《えんりょ》無しに絡んできます。二巻でちょっぴり触れられていたあのキャラがですよ。今までは無敵オレ様キャラだったレイスの……ライバル？　どうぞ二人の掛け合いをお楽しみ下さい。書いていてとても楽しかったです。このキャラも皆様に愛されるといいなと願います。


またこの巻には外伝「秘密の島のヒミツの話」が収録されています。

雑誌で二十周年特集をしていただいたときに書きました。

過去の守龍シリーズのキャラクターが出てきます。誰が出てくるかは読んでの楽しみです。

またこの過去シリーズが好きで、話を読んで万一悲しいと思ったあなた。それは、あなたが今まで守龍シリーズを読んできたからこそ味わえる、贅沢《ぜいたく》で特別の感情です。じっくりと味わって下さい。あなたの心はより豊かになるはずです。心が豊かになれば、様々な困難に立ち向かう勇気にもなりますよ。これはずっと応援してきて下さったあなたのために書きました。さまざまな感情をトルマスたちと一緒に体験して味わって下さい。

さて次の四巻目はミミがメインのお話を用意しています。今まで順調に愛を育《はぐく》んできたミミとトルマス。このまま一気に結婚式へ進むと思いきや——？　次巻をお楽しみに。

それでは次にお会いするまで皆様どうぞ元気におすごし下さい。

星積月　真冬迫る日　　　　　　　　　　　榎木洋子

※この作品はフィクションです。実在の人物・団体・事件などにはいっさい関係ありません。

この作品のご感想をお寄せください。

榎木洋子先生へのお手紙のあて先
〒101－8050　東京都千代田区一ツ橋2－5－10
集英社コバルト編集部　気付
榎木洋子先生

えのき・ようこ
10月3日生まれ。天秤座、都立光が丘高校卒業。『特別の夏休み』で1990年下期コバルト読者大賞を受賞。コバルト文庫に「リダーロイス」シリーズ、「龍と魔法使い」シリーズ、「影の王国」シリーズ、「緑のアルダ」シリーズ、「乙女は龍を導く！」シリーズなど、ファンタジーを中心に著書多数。最近ガーデニングに凝るが¼の確率で枯らしてしまう。飼い猫も葉を狙うので日々格闘。

ウミベリ物語
守龍見習いの危機

COBALT-SERIES

2012年1月10日　第1刷発行

★定価はカバーに表示してあります

著者　榎木洋子
発行者　太田富雄
発行所　株式会社 集英社
〒101－8050
東京都千代田区一ツ橋2―5―10
(3230) 6268 (編集部)
電話　東京 (3230) 6393 (販売部)
(3230) 6080 (読者係)

印刷所　株式会社美松堂
中央精版印刷株式会社

ISBN978-4-08-601596-7　C0193

榎木洋子
イラスト／すがはら竜
結婚相手は、龍が守る国の王子──！
ウミベリ物語シリーズ
秘密の島の龍
白蓮国の王女ミミは、婚約者であるウミベリ国の
王子が美女と親密にしているのを目撃して!?
王子様は一人で充分
国王の不在中、イスマル国王の息子を名乗る少年が現れ
た！王位継承権を主張する少年に、王宮は大騒ぎ…！？
好評発売中
コバルト文庫